PRÉSENTATION DE MARIE

NOTICE

SUR

Sœur Marie Vincent de Paul,

ASSISTANTE.

Sœur MARIE VINCENT DE PAUL, l'un des sujets les plus remarquables qu'ait eus jusqu'à ce jour notre Congrégation, descendait d'une de ces familles aux mœurs antiques, où la foi et la vertu semblent héréditaires. Son père, messire Pierre, Arcade Millot, seigneur de Vernoux (1), se rendit plus recommandable encore par son inviolable attachement à notre sainte religion, durant les mauvais jours de la France, que par les fonctions publiques qu'il a remplies

---

(1) Le titre de seigneur de Vernoux vient des baux d'inféodation du temporel du prieuré de Vernoux, en Vivarais, passés entre messire Simon-Millot et messire Claude Marie de Naturel, comte de Valetine, chanoine comte de St-Pierre-de-Mâcon, prieur de Vernoux.

avec une loyauté qui lui mérita l'estime et l'attachement de ses concitoyens. Il eut de provision la charge de conseiller du roi, maire de Vernoux, et fut reçu en cette qualité par le sénéchal de Nîmes, le 17 mai 1773.

Cinq ans après, il épousa Marie-Bénigne Guillin, fille d'Antoine, écuyer seigneur des terres de Pougelon et comté d'Avenas, juge sur les terres des comtes de la ville de Lyon. Cette dame, en qui les grâces de l'esprit, la grandeur du caractère s'alliaient à l'énergie de la foi et à l'ardeur d'une piété angélique, était de ces âmes généreuses qui semblent spécialement destinées à consoler l'Église aux jours de ses détresses, et que la persécution comme l'épreuve trouve plus fidèles et plus dévouées.

L'union des vertueux époux avait d'abord été bénie par la naissance d'un fils ; mais Dieu ne fit que le leur montrer. Cette première joie maternelle, sitôt évanouie, fit place à une douleur profonde, à laquelle Mᵐᵉ Millot n'aurait pu survivre, si la religion ne l'eût soutenue de ses consolations et de ses espérances. M. Millot, alarmé du dépérissement de la santé de son épouse et craignant même pour ses jours, lui proposa de la conduire à Lyon que son père, le seigneur de Pougelon, habitait durant la saison d'hiver. Ils y passèrent environ deux ans. Une enfant de grâce et de bénédiction leur fut alors donnée à la place de l'ange qui s'était envolé au ciel : c'est la digne sœur Marie que vous et moi, mes chères filles, pleurons encore et dont la mémoire ne cessera jamais de vivre dans la Congrégation environnée de respect et de reconnaissance. Née le 7 mai 1780, elle fut baptisée le lendemain dans l'église de St-Pierre-le-Vieux, et eut pour parrain son grand père maternel, et pour marraine une sœur de sa mère, Mᵐᵉ Dujast, veuve d'un ancien capitaine d'infanterie. Sur les fonts sacrés du baptême, elle reçut les noms de Marie-Antoinette-Aimée : ce dernier est le seul qui la désignera avant sa profession religieuse.

Jusque dans l'arrière vieillesse, sœur Marie se félicita, vous le savez, d'être née à Lyon, au pied de la sainte montagne de Fourvières ; c'est que cette circonstance, en augmentant sa dévotion envers la sainte Vierge exerça réellement une influence providentielle sur son avenir. La pensée que notre céleste Mère, en abritant son berceau sous son aile bénie, l'avait choisie pour lui être plus spécialement consacrée, l'aida beaucoup à persévérer dans sa vocation longtemps éprouvée et violemment combattue.

Cependant notre chère sœur parut un moment avoir été condamnée à quitter la vie, lorsqu'elle y entrait à peine ; c'est ce que nous révèle le passage suivant, extrait de ses mémoires (1).

« Ma grand' mère aimait à me raconter, qu'à l'âge de quelques mois, une fluxion de poitrine avait failli m'enlever de ce monde. Dans sa vive douleur, ma pauvre mère s'était jetée aux genoux des médecins, les conjurant avec larmes de me conserver à sa tendresse. — Madame, lui dirent-ils, guérir votre fille serait ressusciter une morte, et, ce disant, ils se retiraient. — Soudain, ma mère se lève, et, fermant la porte, elle s'écrie : « Non, vous ne sortirez pas ; si vous ne

_____

(1) Le 25 janvier 1859, notre vénérable évêque enjoignit à sœur Marie, en vertu de la sainte obéissance, d'écrire tout ce dont elle pourrait se souvenir des années de son enfance, de sa vie religieuse, des grâces que Dieu lui avait accordées ainsi que des commencements de la Congrégation. Notre chère sœur avait alors près de soixante-dix-neuf ans, et, malgré son excessive répugnance pour ce genre de travail, elle le commença immédiatement, croyant avec une simplicité naïve qu'il ne s'agissait pour elle que de fournir quelques détails utiles à la Congrégation, comme en étant la plus ancienne. Mais elle prit un soin extrême pour qu'aucune sœur ne vît son manuscrit qu'elle remit ensuite elle-même entre les mains de notre bonne mère Arsène. Comme ce manuscrit m'a servi de guide pour cette notice nécrologique, j'ai cru devoir le désigner sous le nom de *Mémoires*.

pouvez pas la **guérir, vous la veillerez ! » — Que ferons-nous,
dirent ces Messieurs, cette enfant a déjà le râle ? —
Cependant ils se hasardèrent à faire encore un essai. Sans
doute ma chère mère dut prier avec ferveur, car la potion
qu'ils me donnèrent produisit un effet inespéré. On me guérit
mais en me fermant la porte du ciel où j'allais entrer. »

Plus que jamais, la tendresse maternelle de Mme Millot dut
se concentrer sur sa fille pour qui elle eut toujours une
prédilection marquée. Aimée, par son heureux caractère
et son dévouement, sut se la faire pardonner de son frère
et de ses sœurs qui l'aimaient tendrement. Lorsque la pieuse
mère nourrissait encore sa fille, elle s'aperçut avec bonheur
que la vue d'un objet de piété lui causait des tressaillements
de joie et sur le champ faisait cesser ses cris et ses larmes.
Elle s'aperçut également que l'enfant, comme par instinct,
semblait déjà s'incliner vers les pauvres et les affligés ;
lorsqu'elle ne parlait pas encore, on la voyait tendre vers
eux ses petits bras pour les caresser. Avec quel soin la
vertueuse mère s'appliquait à cultiver ces impressions,
indices d'un heureux naturel, et à infiltrer dans ce jeune cœur,
goutte à goutte avec le lait, les premières semences de la
vertu et de la piété ! Les lèvres de sa chère Aimée avaient
souvent déjà bégayé les noms sacrés de Jésus et de Marie
avant de faire entendre, une première fois, les mots si doux
de papa et de maman.

Il est assez ordinaire que, dès le bas âge, les enfants
révèlent quelque chose de ce qu'ils seront un jour, surtout
lorsqu'ils sont doués d'une riche et forte nature : il en fut du
moins ainsi pour Aimée. A peine avait-elle atteint sa sixième
année, qu'on put connaître qu'elle avait reçu du ciel un cœur
aimant et généreux, une belle intelligence, une volonté
ferme et prononcée, une droiture d'âme et une franchise
rares, une vivacité d'esprit qui se révélait déjà par d'aimables
saillies. — De telles natures ne sont pas destinées à languir

dans la médiocrité. — Mais, comme il arrive presque toujours, à côté de ces belles et précieuses qualités se montraient les germes de grands défauts : un caractère fier, impétueux, irascible même, des goûts capricieux, une sensibilité excessive. La plus petite contrariété, le moindre retard opposé à ses désirs, un mot de désapprobation l'irritait ; sa petite colère croissait à proportion de la résistance, et rien ne l'excitait davantage que son impuissance à la satisfaire. Cependant, dès qu'elle pouvait comprendre combien ses parents étaient affligés de sa conduite, l'emportement faisait place au repentir, et elle se soumettait volontiers à toutes les conditions exigées pour la réparation de sa faute. L'influence maternelle modifia d'abord ces passions naissantes, l'éducation lui apprit à les réprimer ; mais la grâce fit plus encore, elle les transforma en vertus. Cette transformation fut lente et laborieuse : quoique notre chère sœur Marie ait mis de bonne heure la main au grand œuvre de son perfectionnement, on peut dire qu'il ne fut achevé qu'à l'heure où sa mort précieuse devant Dieu couronna le dernier triomphe de la grâce sur la nature.

Laissons-la nous raconter, dans son style naïf, comment, vers sa sixième année, elle pensa payer bien cher sa petite fierté. « Je jouais, dit-elle, sur le bord d'un bassin avec mes cousins, les MM. Genthial, à peu près de mon âge. Tout à coup une dispute s'engage et chacun veut avoir raison ; quoique seule contre deux, je n'étais pas d'humeur à céder, et c'est précisément parce qu'ils voulaient l'emporter par la force que j'étais moins disposée à me rendre. Enfin, la querelle s'échauffe de plus en plus, l'un des deux ne se possédant plus, me pousse, et je tombe dans le bassin qui était plein d'eau. Au lieu de songer à me secourir, les deux étourdis commencent à se disputer entre eux : C'est toi qui l'as fait tomber. — Non, ce n'est pas moi. — J'ai vu quand tu la poussais, etc. En attendant, j'étais suffoquée et ne pouvais pas même crier ;

fort heureusement mon père, attiré par leur dispute, arrive encore à temps pour me tirer du danger. »

Ces premières années de l'enfance, paisible aurore d'une vie longue et agitée, s'écoulèrent joyeuses et rapides au sein de la famille, soit à Lyon, soit à Charnod, en Franche-Comté, où une sœur de Mme Millot possédait une charmante habitation ; l'hiver ramenait ordinairement la famille à Vernoux. Lorsqu'on habitait cette dernière ville, Aimée était envoyée à l'école tenue par une sœur du tiers-ordre de saint Dominique. Les ressources de l'instruction étaient alors bien loin d'être ce qu'elles sont de nos jours, surtout dans les petites localités ; la bonne sœur institutrice de Vernoux recevait les garçons et les filles dans une même salle, et se tirait d'affaire du mieux qui lui était possible. Sœur Marie entre à ce sujet dans des détails d'une simplicité charmante : « Nous étions tous assis sur des bancs, bien attentifs et bien tranquilles ; la sœur, placée devant la cheminée où cuisait son petit repas, nous faisait venir devant elle pour lire notre leçon dans un livre qui valait bien *deux sous ;* elle nous écoutait tout en faisant tourner son rouet dont il nous fallait dominer le bruit, en criant de toutes nos forces : *A, B, C,* et le reste. Notre maîtresse était fort bonne, et je ne me souviens pas d'avoir été souvent punie. Comme l'école n'était pas éloignée de la maison, on m'y envoyait sous la garde d'un gros chien dont l'instinct était admirable. Nul n'aurait osé me tracasser en sa présence ; mais ce gardien fidèle était impuissant à s'opposer à ma volonté. Or, il arriva qu'un jour, une petite fille m'engagea à aller faire une promenade à sa campagne ; l'idée de courir un peu en liberté me séduisit facilement, et je la suivis. Mais mon absence de l'école ne pouvant passer inaperçue, il me fallut le lendemain subir une formidable pénitence. La maîtresse me coiffa d'un bonnet d'où pendaient deux longues oreilles et me fit traverser la place publique, m'accompagnant elle-même jusqu'à la maison où chacun prit plaisir à ajouter à ma confusion. J'avais le cœur bien gros et mon dépit était à son comble : toutefois, je savais qu'il ne fallait pas songer à me plaindre, ni à murmurer ; je me désolais dans un coin, et personne ne vint me consoler, pas même ma chère mère, ce qui me fit comprendre combien j'avais eu tort. »

Aimée, parvenue à sa septième année, savait lire, avait un bon commencement d'écriture et possédait bien son catéchisme. Mais il fallait songer à donner un plus grand développement à son instruction, et Mme Millot, que Dieu avait rendue mère deux fois encore, ne pouvait se charger de l'éducation de sa fille aînée. Cédant alors aux instances réitérées de sa mère et de sa sœur, elle consentit à ce qu'Aimée allât passer avec elle quelques années. Mme Guillin de Pougelon habitait à Lyon une maison élégante située près de l'archevêché ; mais déjà avancée en âge et d'ailleurs fort pieuse, elle menait une vie retirée, ne recevant qu'un petit nombre d'amis choisis, et consacrant une grande partie de la journée aux exercices de la dévotion.

Voici comment sœur Marie raconte ses impressions de cette époque :

« Tous les matins, ma grand' mère me conduisait à la belle et antique église de St-Jean pour y entendre la messe ; de là date ma dévotion au saint précurseur de Jésus-Christ. Rentrée à la maison, je lisais à ma grand' mère l'évangile du jour, suivi d'un passage d'un livre bien sérieux. Ma tante me donnait ensuite ma leçon et j'allais écrire mon devoir ; mais ma grand' mère voulait que j'apprisse à travailler, il me fallait donc venir tricoter près d'elle pendant un temps déterminé. L'après-midi était encore partagée entre l'étude et l'ouvrage manuel ; le soir, on me conduisait à la promenade, mais à peine avions-nous traversé la cour de l'archevêché, que nous étions sur le quai des Comtes et je trouvais bien triste d'aller et venir sans cesse sur ce quai ; heureusement qu'on plantait alors les pilotis du pont Tislitt, et je trouvais un grand plaisir à voir monter et descendre la machine qui enfonçait ces pilotis. C'était là ma seule récréation avec la lecture de quelques livres d'histoire. Volontiers, je passais plusieurs heures à lire et à apprendre de mémoire les tragédies de Racine et même certains passages de la Henriade.

« Je m'ennuyais beaucoup chez ma grand' mère, car je sentais vivement l'absence de mes parents, de ma chère mère surtout que j'aimais avec une tendresse extrême ; je pleurais souvent en secret et n'osais me plaindre, parce que tout le monde m'entourait de témoignages d'affection, spécialement ma bonne tante qui me faisait coucher dans sa chambre, me plaçait près d'elle à table, m'instruisait avec beaucoup de patience et de zèle : c'était vraiment une mère. Souvent, je portais envie aux enfants que je voyais pouvoir, en toute liberté, jouer ensemble, courir après les charlatans, ou s'arrêter pour voir danser les marionnettes ; il me semble, pensais-je alors, que cette liberté me ferait un peu oublier mon chagrin. Quelquefois, à l'ennui venait se joindre la peine que me causaient certains reproches sur mon étourderie ; alors, plaçant mes livres et mes joujoux dans un panier, je faisais mes adieux avec le plus de sérieux possible, et je me dirigeais vers la porte extérieure, demandant avec autorité qu'on vînt me l'ouvrir. Mademoiselle, me répondaient les domestiques, avec un sang - froid qui me déconcertait : « Si vous êtes capable de voyager seule, vous devez au moins savoir ouvrir une porte. » Confuse et découragée, je rentrais dans les appartements de ma grand' mère, et je demandais pardon. Il était des occasions où je ne revenais pas de moi-même, c'était lorsqu'on m'avait infligé une pénitence, comme de porter sur ma tête un carton sur lequel ma faute était écrite en gros caractères. J'attendais alors avec une vive impatience

le retour de mon grand-père dont j'avais cent fois
expérimenté l'indulgence excessive ; il ne manquait jamais
de me faire pardonner, et combien je m'applaudissais
intérieurement de n'avoir pas eu besoin de m'humilier pour
obtenir ma grâce ! »

Cependant l'orage de la révolution, qui bientôt devait
faire déborder l'impiété et l'anarchie dans notre malheureux
pays, grondait déjà sourdement. La première fois qu'il éclata,
notre sœur Marie, toute jeune qu'elle était, faillit en être la
victime. Nous allons, en transcrivant ses mémoires, la laisser
peindre elle-même les scènes de douleur dont elle a été
témoin ; nous n'interromprons son récit que pour donner
quelques éclaircissements en rappelant les dates et faciliter
ainsi le rapprochement des faits.

« Le fameux serment du jeu de paume, prononcé le 23
juin 1789, commença la révolution ; la voix du fougueux
Mirabeau fut bientôt entendue de tout ce que la France
comptait de gens qui voulaient, comme lui, triompher par
la baïonnette. Peu après, arrive à Lyon un courrier
extraordinaire pour annoncer le triomphe du tiers-état
sur le clergé et la noblesse. La nuit était déjà avancée :
cependant, bientôt une foule tumultueuse, grossie à
chaque instant, court les rues et se dirige vers la place
Saint-Jean en criant : « Nous sommes les maîtres, illuminez !
illuminez ! » Soudain, de grands coups de pierres dirigés
contre la porte de notre maison menacent de l'enfoncer.
En un clin d'œil, tout le monde fut sur pieds. Comme on me
croyait endormie, on m'avait laissée seule dans la chambre ;
saisie de frayeur, je me lève et me dirige vers l'appartement
où l'on était réuni. L'effroi et la consternation que je
remarquai sur tous les visages me firent comprendre qu'il
s'agissait d'un grand danger ; un tremblement convulsif me
saisit et fut presqu'aussitôt suivi de la fièvre et du délire.
Je n'ai dû qu'à la force de mon tempérament d'avoir échappé

à la mort ; mais cette frayeur m'a laissé une grande faiblesse dans le système nerveux.

« Chaque jour augmentait les alarmes publiques ; mes parents étaient dans de mortelles angoisses en voyant mon grand-père continuellement exposé, par ses fonctions de juge, à être immolé par le peuple en fureur. Ce bon grand-père était bien triste, et souvent ses larmes coulaient en lisant le journal. Ce qui l'affligeait profondément, c'était la haine que le peuple portait à l'archevêque et aux chanoines, comtes et princes de Lyon qui avaient été les pères des pauvres. (1) J'ai été témoin qu'ils distribuaient tous les ans de très-grandes aumônes ; mais dès que la révolution éclata, la reconnaissance s'éteignit dans les cœurs, et tous leurs bienfaits n'empêchèrent pas qu'ils ne fussent haïs et persécutés.

Chaque année, mon grand-père faisait le voyage de Paris pour ses clients ; Louis XVI l'honorait de sa confiance ; il y répondait par un zèle désintéressé et prudent. Il le vit pour la dernière fois au commencement de 1791. Il y avait peu de jours que la famille royale avait été enfermée au Temple, lorsque mon grand-père fut arrêté et emprisonné à Pierre Encise (2) avec mon oncle d'Avenas. Ils y passèrent plusieurs mois, après lesquels ils furent conduits à Paris où l'on devait instruire leur procès, c'est-à-dire, les guillotiner. Mon oncle de Polémyeux, chevalier de St-Louis, ci-devant gouverneur de St-Vincent et du Sénégal, partit immédiatement pour Paris, afin de travailler à la délivrance de nos chers

---

(1) L'exercice de la justice seigneuriale à Lyon appartenait, en commun, à l'archevêque et au chapitre de l'église primatiale de Saint-Jean, dont les chanoines, qui devaient être nobles de quatre quartiers, prenaient le titre de comtes de Lyon.

(2) Pierre Encise ou Pierre Scize, forteresse de Lyon où l'on enfermait les prisonniers d'État, avait été originairement le palais archiépiscopal. Elle fut détruite durant le siége de Lyon, en 1793.

prisonniers. En attendant leur retour, on nous conduisit ma grand'mère, mes tantes et moi au château de Polémyeux, où mon oncle avait réuni une certaine quantité d'armes à feu pour se défendre en cas d'attaque. Afin de nous rassurer, il nous les montra avant son départ. Arrivé à Orléans, il apprit qu'à la faveur d'une amnistie générale qui venait d'être accordée, tous les détenus politiques avaient été libérés. Mon grand-père ne rentra pas à Lyon, il passa en Suisse, quelques semaines avant que la ville fût livrée au farouche Collot d'Herbois.

« La fureur populaire se manifestait journellement par des violences et des crimes d'autant plus atroces, que les coupables étaient assurés d'avance de l'impunité, et souvent même soudoyés par les agents du pouvoir. Un dimanche, mes tantes de Polémyeux furent très-surprises de voir, dans l'église de la paroisse, une foule de personnes s'y promenant et y parlant comme sur la place publique. A peine rentrées au château, elle le virent assiéger par une bande de forcenés. Mon oncle avait pour valet de chambre un nègre qu'il avait amené du Sénégal. Ce pauvre jeune homme fut si effrayé du bruit des armes qu'il courut se cacher : on ne le revit plus. Ma pauvre tante sortit par une porte secrète avec ses deux petites filles, dont l'aînée n'avait pas cinq ans. Les assiégeants les aperçurent lorsqu'elles descendaient vers la Saône, et firent feu deux fois de leur côté ; mais la Providence veillait à leur conservation. La beauté et la douceur de cette dame étaient remarquables ; mais combien la situation où elle se trouvait la rendait plus intéressante encore ! Il me semble la voir ses cheveux épars, ses vêtements en désordre et se rendant à l'hôtel de ville avec ses deux enfants, afin de réclamer du secours pour son mari et pour sa belle-sœur qui avait été administrée la veille. Lorsque la troupe arriva au château, tout était déjà consommé ; mon oncle n'avait eu le temps que de tirer un seul coup de fusil. Les scélérats le percèrent avec leurs baïonnettes, coupèrent son corps à morceaux et lui arrachèrent le cœur qu'ils jetèrent dans un tonneau dont ils burent le vin. Les lits, les meubles, la vaisselle, tout fut ensuite jeté pêle-mêle dans la cour, et l'on y mit le feu. Hommes, femmes et enfants, après s'être gorgés de vin, firent la ronde autour de ce triste bûcher. Au bout de quelques heures, le château lui-même n'offrait plus que des ruines fumantes.

« Cependant, un sentiment de pitié s'était élevé dans le cœur d'un des municipaux. Au commencement de l'incendie, il pénétra dans la chambre de ma tante Olimpe qui était mourante, la prit dans ses bras et la transporta dans une auberge voisine. Le lendemain, elle fut mise sur une charrette et ramenée à Lyon où ma grand' mère et ma tante lui prodiguèrent les soins les plus tendres et les plus empressés. Dès qu'elle fut un peu rétablie, elles partirent toutes les trois pour aller rejoindre mon grand-père à Constance. C'est alors que je revins à Vernoux. Mon père n'avait pas été inquiété ; quoiqu'il ne déguisât pas ses opinions politiques, et que son attachement à la religion fût bien connu, puisqu'il protégeait ouvertement les prêtres qui étaient persécutés, il ne se trouva pas un seul traître parmi ses nombreux amis, chose presque inouïe en ces malheureux temps.

« Un de mes cousins fut moins heureux : dénoncé comme suspect, il fut arrêté et mis en prison. On me chargea de pourvoir à sa nourriture, et j'allais le voir trois fois par jour ; le geolier me laissant une parfaite liberté, j'en profitais de mon mieux pour consoler le pauvre captif : mais bientôt il dut partir pour Montpellier. Sa mère, veuve, infirme et presque aveugle voulut le suivre. Accusé d'avoir émigré, il fut condamné à être guillotiné. La veille même de l'exécution, sa mère parvint à toucher les juges qui consentirent à le faire comparaître de nouveau devant leur tribunal ; son affaire fut encore examinée, et comme l'on prouva qu'il n'avait pas quitté Vernoux, ce qui était réel, il fut élargi. »

II.

La révolution marchait à pas de géant ; l'assemblée nationale avait déjà fait place à l'assemblée constituante. Cette dernière décréta, le 12 juillet 1790, la constitution civile du clergé, et le 25 octobre de la même année, elle exigeait de tous les ecclésiastiques le serment de maintenir cette constitution. Notre chère Aimée avait alors atteint sa douzième année, son caractère s'était encore fortifié par l'épreuve, mais combien sa piété n'avait-elle pas soufferte du malheur des temps ! Vous allez l'entendre dévoiler, avec une admirable franchise, quelles étaient sur ce point ses dispositions :

« Je n'avais pas encore fait ma première communion, lorsqu'on commença à fermer les églises ; rien n'égalait mon étourderie, sinon mon ignorance et mon indévotion. Ma pieuse mère, qui en était désolée, se décida à me mettre en pension. Les couvents n'avaient pas encore été supprimés : on me conduisit chez les dames de la Visitation de Valence. Dans cette sainte maison, le Seigneur me fit bien des grâces dont je n'ai pas su profiter : la première est d'avoir eu pour maîtresse une dame fort pieuse, très-instruite, toute dévouée à ses élèves. Il fallait qu'elle eût une vertu plus qu'ordinaire pour que ma légéreté et mon peu de piété n'aient pas lassé sa patience. Nous étions trente pensionnaires, parmi lesquelles il s'en trouvait de bien édifiantes ; mais il y en avait de bien mondaines et pleines de malice : aussi est-ce dans cette maison que j'ai commencé à comprendre combien il est difficile de surveiller les enfants qui ont des vices et de les empêcher de nuire aux autres. Je crois donc que la surveillance est un des points les plus importants de l'éducation, surtout pour les enfants de dix à quinze ans.

« Malgré notre retraite profonde, il nous était facile de comprendre que les temps devenaient de plus en plus mauvais ; l'ordre de détruire les couvents venait d'être décrété, nos maîtresses ne nous dissimulaient pas leurs alarmes et leurs angoisses : je ne les partageais guère. Mon dégoût pour le couvent croissait tous les jours ; je n'y demeurais absolument que par obéissance à mes parents, et pouvoir en sortir était l'objet de tous mes vœux. Lorsqu'on nous permettait de monter au belvédère du couvent, d'où l'on découvrait si bien la campagne, je regardais tristement la route de Vernoux et soupirais après mon retour dans ma famille. Aussi, lorsque ce couvent fut, comme tous les autres, emporté par la tempête révolutionnaire, et que les religieuses me dirent qu'elles avaient écrit à mes parents de venir me chercher, je fus bientôt consolée ; toutefois, je cachais ma joie pour ne pas affliger ces bonnes dames. Les regrets et les larmes de quelques anciennes élèves me paraissaient déraisonnables, ridicules même. Voilà jusqu'à quel point j'étais mauvaise. Que la miséricorde de Dieu est grande, puisqu'elle ne m'a pas rejetée, et qu'elle n'a cessé de m'attendre et de me solliciter à me convertir ! »

Malgré le langage sévère qu'emploie l'humble sœur en parlant de cette époque de sa vie, nous savons que, durant son séjour à la Visitation, elle se concilia l'estime de toutes ses maîtresses et l'amitié de ses compagnes par son caractère franc et sincère, son cœur aimant et dévoué, et par sa piété plus solide qu'affectueuse. Le trait suivant prouve combien déjà sa foi était vive et profonde. « Aimée, que lisez-vous ? lui demanda un jour une religieuse qui la voyait lire avec avidité un gros volume qu'elle portait partout, même en récréation. — « Ma tante (1), reprit vivement la jeune fille, je lis les plus jolies histoires du monde ; je les sais par cœur, et, plus je les lis, plus je les trouve belles. » En même temps, elle présente le livre à sa maîtresse : c'était la Bible.

« Il m'est impossible, continue-t-elle, d'exprimer la joie que je ressentis en revoyant la maison paternelle ; j'y trouvai une sœur de mon père, qui avait été obligée de quitter le couvent de saint Dominique, où elle avait espéré mourir ; elle était d'une humeur extrêmement douce, mais sa mélancolie était si profonde que je ne pouvais la regarder sans éprouver un serrement de cœur.

« Quoique je l'aimasse beaucoup, j'avais de la peine à lui pardonner de se trouver moins heureuse auprès de ses parents qui la chérissaient que derrière les grilles de son cloître. Cette bonne tante souffrait de me voir songer si peu à ma première communion ; mais elle était si indulgente, qu'elle m'excusait toujours et priait sans cesse pour moi ; sans nul doute, c'est à ses prières que je dois en partie les grâces que Dieu me fit plus tard.

« Quoique l'on eût déjà rigoureusement exigé le serment civique de tous les prêtres fidèles, les offices divins n'avaient pas été suspendus dans certaines paroisses, et quelques institutions religieuses, attirant peu l'attention des agents révolutionnaires, subsistaient encore : de ce nombre était à Chalencon une école tenue par les sœurs de St-Joseph. On m'y conduisit, afin de me faire profiter des instructions que ces dames donnaient à leurs élèves ; nous étions une quarantaine, toutes bien jeunes et bien légères : j'étais la plus grande. Il me vint en pensée de faire quelque pénitence

(1) À la Visitation, les élèves appellent ainsi les religieuses chargées de leur éducation.

pour me disposer à recevoir Notre-Seigneur; je communiquai mon dessein à mes compagnes qui l'adoptèrent avec empressement: il s'agissait de faire une prière devant chaque autel de l'église paroissiale, et les genoux nus sur la dalle; toutes nous fîmes donc, durant quinze jours, cette formidable austérité. Je fis ensuite ma confession générale avec sincérité; mais j'étais aussi mauvaise qu'on peut l'imaginer, ne connaissant et ne pratiquant aucune vertu. Il y eut seulement un grain de foi et de bonne volonté dont le Seigneur me gratifia sans doute; car si ma communion eut les qualités rigoureusement nécessaires, ce fut bien tout. Cependant Notre-Seigneur daigna m'y faire trouver un bonheur qui m'était inconnu et qui me semble devoir être le commencement du salut pour mon âme: ce que j'éprouvai en ce jour ne peut s'exprimer; et, au moment où j'écris ces lignes, c'est-à-dire à l'âge de 79 ans, ce souvenir m'attendrit encore. » — Oh! le souvenir de sa première communion pouvait bien lui être cher : car, depuis cette heure bénie, Jésus dans le Saint Sacrement ne cessera plus de captiver mystérieusement son cœur, jusqu'à ce qu'il en ait pleinement triomphé.

Aimée dut attendre près d'un an avant de pouvoir participer encore au banquet sacré où son âme avait si bien connu le don de Dieu. On était alors aux plus mauvais jours de la Terreur; Jésus-Christ avait été proscrit de ses temples au nom de la liberté; les offices étaient suspendus, et les anges protecteurs de l'église de France semblaient l'avoir abandonnée. Que d'âmes pieuses languissaient alors privées du secours du saint ministère et de la grâce des sacrements! Une nature telle que celle d'Aimée, ardente, plus généreuse encore, capable de tout héroïsme, aurait certainement produit les plus beaux fruits, si elle eût été cultivée par un directeur pieux et habile; c'est sans doute à ce manque de culture qu'il faut attribuer le relâchement qu'elle déplore avec tant d'amertume dans les lignes suivantes : « Après ma première communion, je retombai dans le péché et devins peut-être plus mauvaise qu'auparavant. Je lisais beaucoup de mauvais livres : ce fut un temps d'erreurs et d'iniquités, et une source de peines et de remords pour le reste de ma vie. Le démon me mettait, pour ainsi dire, les romans entre les mains, il était rare que je visse quelques amies sans qu'elles m'en offrissent de nouveaux. Persuadée que mes parents n'approuveraient pas ces sortes de lectures, j'inventais chaque jour quelques moyens de mettre, sur ce point, leur vigilance en défaut. Il m'arrivait même, en filant, d'avoir mon livre sur mes genoux et de laisser tomber le fil, tout en continuant de faire aller le rouet dont le bruit laissait croire que je travaillais encore.

« Les grandes pertes que firent mes parents à cette époque, furent un des moyens dont Dieu se servit pour me rappeler à lui. Tout à coup, les assignats perdirent leur valeur ; d'immenses fortunes furent englouties ou notablement diminuées. Mon père devint triste et soucieux, ma mère pleurait souvent ; je compris leur position, et, de concert avec une de mes sœurs, je me mis à travailler avec courage afin de leur venir en aide. »

Un vénérable prêtre qui l'avait particulièrement connue à Vernoux, avait porté sur elle un jugement bien éloigné de l'idée que l'humble sœur nous donne ici de sa jeunesse. Il nous disait, il y a quelques années : « Votre sœur Marie a été toujours pieuse, on ne la vit jamais ni légère, ni mondaine, et lorsqu'elle entra dans la communauté, elle était déjà parvenue à une grande perfection. »

III.

L'affreuse loi des suspects était venue compléter le régime de la Terreur ; les cérémonies de notre sainte religion avaient été remplacées par un culte dérisoire ; partout les

2

prêtres fidèles étaient ou poursuivis ou massacrés. Résolu
de ne pas abandonner son troupeau, M. Arnaud-Coste, curé
de Vernoux, avait trouvé un asile sûr chez M. Millot ; mais
pour ne pas compromettre son hôte, il célébrait le saint
sacrifice dans une maison contigüe, habitée par de vertueuses
demoiselles. Aimée, pour se procurer la faveur d'y assister,
sans attirer l'attention, avait pratiqué elle-même, dans le mur
mitoyen, une ouverture habilement déguisée ; et M. le
Curé, à qui elle servait de clerc, avait confié à sa piété
et à sa prudence le soin des vases sacrés et des ornements
sacerdotaux. Le trait suivant prouve bien qu'il pouvait
également compter sur son dévouement et sur son courage.

« Un matin, dit-elle, on m'apprend qu'une perquisition
vient d'être ordonnée ; le motif en était inconnu, les mesures
mystérieuses et sévères. Point de doute, dis-je à ma sœur,
M. le Curé est trahi ! — Il se trouvait en ce moment dans la
maison voisine. — Je parlais encore, lorsqu'une personne
de confiance vint me dire à voix basse que le seul moyen
de le sauver était de le recevoir chez nous, en le faisant
passer par l'ouverture secrète que j'avais faite. Mon embarras
devint cruel, car mes parents étaient absents, et cacher
alors ce saint prêtre, c'était les exposer à périr sous la
guillotine. Néanmoins, je me confiai en la divine providence
et le fis entrer dans un petit cabinet dont j'avais seule la clef.
J'étais dans une agonie mortelle. Privé d'air dans l'armoire
qui lui servait de *cachette*, ce bon M. le Curé en sortait sans
cesse, et le moindre bruit pouvait le faire découvrir. Durant
plusieurs heures, je fis sentinelle dans l'escalier, afin de le
prévenir lorsque la visite domiciliaire commencerait ; elle
eut effectivement lieu vers le soir ; mais Dieu veilla sur nous
et sur son ministre.

M. le Curé de Vernoux n'est pas le seul à qui notre chère
Aimée ait rendu d'éminents services pendant la révolution.
Son dévouement et sa discrétion étaient si bien connus,

que paraissant oublier qu'elle n'avait que seize ans, on lui avait confié le secret de la retraite de plusieurs infortunés dont la tête avait été mise à prix parce qu'ils étaient vertueux et riches. Elle les visitait le plus souvent possible, les encourageait, les consolait de son mieux, et, chaque semaine, elle leur portait les journaux dont la lecture était pour eux un double besoin. Que de fois, dans ces circonstances, elle fut exposée à des périls auxquels elle n'échappa que par une protection spéciale du ciel !

Cependant des jours plus sereins semblaient se lever sur la France, depuis que Robespierre, le plus cruel et le plus lâche des tyrans, était monté à son tour sur l'échafaud, où il avait fait tomber tant de nobles et innocentes têtes. En même temps, le besoin des exercices religieux se faisait vivement sentir sur tous les points de notre malheureuse patrie ; aussi, le décret de la Convention qui permit aux prêtres de reprendre leurs fonctions fut-il accueilli avec enthousiasme par les populations catholiques. La petite ville de Vernoux dut au courage, de quelques jeunes filles d'avoir, une des premières, reconquis la liberté religieuse. Voici comment sœur Marie rapporte le fait :

« Je lisais chaque jour dans les journaux ce qui intéressait la religion ; dès que j'eus connaissance du décret du 30 mai, je dis à qui voulut le savoir que le culte sacré était rétabli. L'église de notre ville n'avait pas été aliénée, mais elle servait à tenir le club. Plusieurs demoiselles, pleines de foi et de courage, prirent spontanément une détermination généreuse. « Il faut, dirent-elles, qu'on nous rende notre église ! Essayons d'abord d'y entrer, nous verrons en quel état elle se trouve. » Elles y entrèrent en effet, en passant par une fenêtre qui donnait dans la cour d'un parfait catholique : pour cette fois, elle se contentèrent de la balayer. La municipalité en fut avertie, et ordonna de les arrêter ; les gendarmes exécutèrent cet ordre avec beaucoup de peine, et se montrèrent pleins d'égards envers ces demoiselles. Cette arrestation causa une si grande rumeur dans la ville, que les municipaux effrayés ordonnèrent le lendemain de les mettre en liberté. Les prisonnières refusèrent de sortir clandestinement, voulant que leur triomphe rassurât les gens de bien. Tout le monde applaudit à leur courage.

« Cependant M. le Curé continuait de célébrer le saint sacrifice dans une maison particulière, trop petite pour contenir le nombre de personnes qui y assistaient. — « Ne pourrais-je pas aller dîre la messe à l'église, me demanda un jour ce digne pasteur? » — Sur ma réponse affirmative, il ajouta : « Il faudrait que l'on m'en fît publiquement la demande. » Rien n'était plus facile : je me rends aussitôt chez quelques unes de nos voisines pour les exciter à faire cette demande ; celles-ci en convoquent d'autres, et bientôt une foule nombreuse se porte devant la maison ; M. le Curé se met à la fenêtre, et cent voix le prient de se rendre à l'église pour y célébrer la messe. En moins d'une heure, les objets nécessaires au culte sacré furent apportés, et l'autel décemment décoré, les cloches, par leurs joyeuses volées, apprirent en même temps à la paroisse entière que la religion venait de reconquérir ses droits. Bientôt, dans la maison de Dieu se presse une foule nombreuse et recueillie, avide de revoir le spectacle auguste de nos saintes cérémonies.

« Le même jour, on décora aussi bien que possible les chapelles latérales, et on y établit des confessionaux provisoires.

« Il y avait déjà longtemps que j'étais privée des sacrements, lorsque le bon Dieu m'inspira, je le crois, d'aller dans la chapelle de S.-Joseph où confessait le plus ancien des vicaires. Plusieurs jeunes personnes entouraient l'autel : j'entendis qu'elles se concertaient pour ne pas recevoir l'absolution, afin d'être libres d'assister à un grand bal qui devait se donner le dimanche suivant. Est-il possible, me dis-je intérieurement, de préférer un bal à la sainte communion !... J'attendis la dernière pour me confesser, je fus émue jusqu'aux larmes lorsque mon confesseur me dit de revenir dans huit jours; il me tardait de sortir du bourbier d'iniquités dans lequel j'étais plongée, plus je réfléchissais, plus j'en avais horreur. Touché de ma peine, ce bon prêtre me permit de revenir le lendemain. Sans exprimer le désir de faire une confession générale, j'accusai toutes les fautes que me reprocha ma conscience, et je reçus l'absolution la veille du jour où se donna le fameux bal. Je donnai donc à notre divin Sauveur cette marque de préférence sur un bal; c'était un rien que je sacrifiais au grand Tout; ce qui peut être un grand sacrifice pour certaines jeunes filles, n'en était qu'un bien léger pour moi; car, par orgueil, j'aurais rougi d'estimer beaucoup ce genre d'amusement: d'ailleurs j'y étais si gauche! Cependant Notre-Seigneur me récompensa magnifiquement; car, depuis ce jour, la sainte Eucharistie a rempli mon âme d'ineffables délices : son nom seul me touche profondément et me ravit de joie, et j'ai toujours cru qu'il était de toute justice de la préférer à tout. Voir tous les plaisirs, les honneurs et les trésors de l'univers, fussent-ils tous en ma possession ; y joindre une longue vie et une santé florissante, et avoir le choix libre entre toutes ces choses, et cette petite hostie où Dieu se cache avec tant d'amour, oh non, mille fois non ! je ne balancerais pas un instant. Cette vue de mon âme est tout à la fois si profonde et si simple qu'elle fait disparaître en un instant tout le créé. »

Jésus venait de remporter sur ce cœur une bien belle victoire: si elle ne fut pas encore complète, elle fut du moins décisive pour l'avenir. La suite de ce récit va vous révéler, mes chères filles, les miracles de la grâce, en faveur de notre bonne sœur Marie, dans les luttes intérieures qu'elle dut soutenir, et dont toutes les âmes sincèrement revenues à Dieu ont le secret.

« Je m'étais bien confessée d'avoir lu des romans, mais je ne prétendais m'interdire que ceux qui sont mauvais, et comme j'avais la conscience très-large, il fallait que le mal fût bien évident pour que je le connusse. Cependant il me semble que si mon confesseur m'eût défendu ces sortes de lectures, j'aurais obéi. J'ai toujours été persuadée que, dans un cas semblable, les confesseurs rendraient un grand service aux personnes aussi faibles que moi, de ne pas se contenter d'un simple conseil, mais de tenir ferme ; ils fortifieraient ainsi le peu de bonne volonté de ces âmes. — Un jour, je lisais *Cheweland*, roman en trois volumes, dans lequel se trouvent certains passages évidemment mauvais ; saisie d'un remords soudain, je fermai le livre, et promis à Dieu de ne plus m'exposer ainsi à perdre mon âme. Je rendis les deux premiers volumes à la jeune personne qui me les avait prêtés : elle fit des instances pour me faire accepter le troisième ; la tentation était délicate, j'allais succomber ; mais Notre-Seigneur me fit la grâce d'en triompher, et ce fut fini.

« Vers cette époque, je me liai avec deux jeunes personnes de mon âge, mais beaucoup plus vertueuses, Mlles Pervencher, l'une et l'autre ont vécu saintement dans la Congrégation, ce sont nos sœurs Xavier et Gonzague qui m'ont déjà précédée dans l'éternité. Le bon Dieu me fit trouver tant de charmes dans leur société que je ne songeai presque plus aux plaisirs du monde ; nos parents virent cette liaison avec plaisir, les miens surtout, dans la persuasion qu'elle me serait utile. Nous réglâmes notre temps, de manière à donner chaque jour deux heures au moins à la piété. Tous les matins, nous assistions à la sainte messe que nous faisions suivre d'une demi-heure de méditation ; je me servais du livre de *Médaille*, et comme les sujets sont très courts, je ne savais guère comment employer le reste du temps : souvent je regardais ma montre ; dès que l'aiguille marquait la fin de la demi-heure, je m'empressais d'en prévenir mes compagnes ; le reste de la journée se passait à aider nos mères dans le soin du ménage ; le soir, nous nous réunissions encore pour vaquer à quelques pieux exercices. Une de nos plus douces récréations était d'aller visiter les pauvres et les malades ; le bon Dieu nous a fait la grâce de pouvoir leur être quelquefois utiles. Lorsque nos petites ressources étaient épuisées, nous allions intéresser la pitié des personnes de notre connaissance : le plus souvent, nous étions très-bien accueillies, quelquefois nos demandes étaient repoussées brusquement, mais nous ne nous découragions pas. Le passage de plusieurs prisonniers de guerre nous fournit l'occasion de pratiquer quelques actes de charité : je rencontrai un de ces malheureux gisant sur un tas de pierres et en proie à des douleurs convulsives ; mes parents m'ayant permis de le faire transporter à la maison, j'eus le bonheur de le rendre à la santé. Ses compagnons d'infortune n'avaient guère moins besoin de secours, mais nos ressources n'étaient pas suffisantes ; j'imaginai de faire des billets que j'adressai aux familles les plus aisées, pour les engager à fournir alternativement ce qui serait nécessaire pour faire de la soupe à ces pauvres malheureux : le résultat dépassa nos espérances.

« Lorsque je me fus donnée à Dieu, je voulus briser entièrement avec le monde. Ce qui me coûta le plus à sacrifier, ce fut le plaisir que je trouvais dans les soirées où se réunissait une société choisie : une fois entr'autres, je reçus une invitation à l'occasion d'une pièce qui devait se jouer dans une maison fort chrétienne. Craignant que mon confesseur ne me refusât la permission d'y assister, je la demandai à un religieux retiré à Vernoux, et dont je connaissais l'indulgence. Ce bon père me répondit : « Vous pourriez y assister sans péché ; mais puisque vous vous êtes déclarée ouvertement pour la piété, il serait peu édifiant de vous voir assister à une représentation théâtrale, le premier dimanche de carême. » Cette réponse inattendue m'attrista beaucoup ; néanmoins je fis mon sacrifice de bonne grâce.

« J'étais, ainsi que mes deux amies, dans l'âge de songer sérieusement à embrasser une vocation ; aucune de nous n'avait le même attrait : nous nous accordions cependant sur un point, la volonté bien arrêtée de ne jamais nous engager dans le monde. Mlle Appolonie (1), dont le caractère était fort grave et la piété solide soupirait après une communauté cloîtrée. Mlle Victoire (2) n'était guère prononcée ; quant à moi, je ne rêvais que la vie des Hospitalières, et ce goût datait d'une visite que j'avais faite, avant la révolution, à l'hôpital général de Lyon. L'ardeur et la gaieté que j'avais remarquées dans les religieuses, voilà ce qui me plaisait par dessus tout.

« Ma sœur Émilie, née en 1797, m'avait été confiée par ma mère, et je l'aimais avec une excessive tendresse ; cependant les soins que je lui donnais avec un entier dévouement entraient pour beaucoup dans le dégoût que j'avais pour le mariage. Un jour que ma mère me pressait d'accepter un parti avantageux, je lui répondis : le don que vous m'avez fait de ma sœur Émilie m'a fait comprendre la gravité des devoirs d'une mère de famille ; la leçon est si bonne que j'en ai assez d'une. » — « Ah ! si j'avais prévu cela, je ne te l'aurais pas donnée, répliqua ma mère. »

« Ayant lu dans les journaux que Mme Anastasie de Montméja venait de rétablir à Nevers la congrégation des

---

(1) Sœur Xavier, agrégée à notre Congrégation le 20 mai 1804 ; décédée le 21 mars 1854.

(2) Sœur Gonzague, agrégée le 20 mai 1804, décédée le 20 juin 1854.

sœurs de la Charité, je courus aussitôt chez mes amies leur annoncer cette bonne nouvelle ; il fut de suite convenu entre nous que j'écrirais à cette dame pour la prier de nous recevoir dans sa communauté. Bientôt nous reçûmes une réponse : elle se terminait par ces lignes : « Je vous trouve bien précipitées dans l'exécution de vos désirs, ce qui sent plutôt l'humanité que l'esprit de Dieu, et ne peut par conséquent être une marque de vocation. » Cette réponse nous déconcerta tout d'abord.

« Sur ces entrefaites, M. Vernet, après avoir accompagné Mgr d'Aviau à Thueyts, s'arrêta à Vernoux, pour faire connaître au clergé les ordres qu'il avait reçus de Sa Grandeur relativement au nouveau serment que l'on exigeait des prêtres. Je les vis chez M. le Curé et il nous parla beaucoup de notre V. mère Rivier et de sa Congrégation naissante ; il nous proposa même de nous joindre à elle ; puis, sortant de dessous son bras un énorme cahier, il nous en lut les premières pages : c'étaient les règles de la Congrégation auxquelles il travaillait en ce moment. Nous écoutions, les demoiselles Pervencher et moi, dans le plus profond silence et le cœur bien triste. Pressée de dire mon sentiment, je répondis que je n'avais nul attrait pour l'instruction de la jeunesse et que mon bonheur serait de soigner les malades dans un grand hôpital. — « Eh bien, Mlle Rivier vous donnera l'emploi d'infirmière de la communauté, me dit M. le Curé. » — « Dans cette maison, reprend M. Vernet, personne ne choisit son emploi : chacun reçoit avec soumission celui qu'assigne l'obéissance et le remplit avec joie. » - « Je vois bien, Monsieur, répliquai-je vivement, que vous ne voulez pas de moi, et comme je n'ai nulle envie du couvent de Thueyts, nous sommes bien d'accord. » Mlle Apollonie, tout en réitérant son désir d'entrer dans une maison cloîtrée, laissa comprendre qu'elle ne répugnait pas trop à se joindre à notre V. Mère ; Mlle Victoire répondit à peu près dans le même sens. Quelques jours après, M. Vernet écrivit à M. le Curé que, réflexion faite, il pouvait me promettre que je serais employée à la pharmacie du couvent, mais qu'il s'était aperçu que je n'étais pas encore parvenue au premier degré de l'humilité. Cette dernière vérité fut ce qui, plus tard, me décida à le choisir pour mon directeur.

« Cette visite nous laissa dans une grande irrésolution : jusqu'alors nous n'avions pas compris la grandeur du sacrifice que nous imposerait la séparation de nos parents ; la pensée du chagrin que nous allions leur causer nous déchirait l'âme ; je ne pouvais regarder ma mère et ma jeune sœur sans me sentir émue et découragée. D'un autre côté, M. le Curé ne cessait de nous répéter qu'il était convaincu que Dieu nous appelait dans l'institut de Mᶫᶫᵉ Rivier. Malgré toutes nos oppositions et nos répugnances, sa décision a été invariable.

« Quelques semaines s'étaient écoulées depuis notre entrevue avec M. Vernet, lorsque nous en reçûmes la lettre suivante :

« Je suis encore pour quelques jours dans vos quartiers, Mesdemoiselles, retenu par l'indisposition de mon ami, M. de Besses ; si je puis vous être de quelque utilité, disposez de moi librement : je suis prêt à aller encore à Vernoux, si cela est nécessaire. Je ne désire que de contribuer à votre bonheur en vous aidant à prendre une détermination sage, et conséquemment à connaître la volonté de Dieu sur vous. Ecartez, je vous en conjure, toute considération qui n'aurait pas pour but la gloire de Dieu et votre salut : les plus petites vues humaines gâtent tout en pareille occasion. C'est, vous ne devez pas en douter, l'affaire la plus essentielle pour votre bonheur éternel que celle qui vous occupe, puisque au choix d'un état de vie sont liées toutes les grâces que Dieu vous prépare dans sa bonté. Armez-vous donc d'un courage généreux, ne désirant que de connaître la volonté de Dieu, et soyez décidées à la suivre quelques sacrifices qu'elle demande de vous. Voulez-vous ne pas vous tromper? demandez-vous sérieusement ce que vous seriez bien aises d'avoir fait à l'heure de la mort; alors sûrement vous n'aurez pas de plus douce consolation que d'avoir marché à la suite de Jésus pauvre, humilié, souffrant, d'avoir fermé les yeux sur les vanités du monde, sur ses délicatesses, sur ses biens périssables, sur ses plaisirs trompeurs. C'est aux pieds du crucifix que vous devez faire ces réflexions. Si vous vous décidez pour le genre de vie dont nous avons parlé, vous devez sans doute vous attendre à une vie de travail, de contrainte, de pauvreté, et à n'y trouver d'autres consolations que celles dont Dieu adoucit les œuvres entreprises pour son amour, et celles que donne l'espérance d'une grande récompense dans le ciel.

« J'adresse maintenant la parole à Mademoiselle Aimée : je l'invite à peser devant Dieu ce que M. le Curé lui a promis de ma part : si l'emploi de pharmacienne lui convient, je le lui donnerai, pourvu toutefois qu'elle ait passé quelques mois dans la maison pour la connaître, et pour qu'on la connaisse elle-même. Mais, pour elle comme pour toutes, n'ayez en vue que de faire la volonté de Dieu. Je vous conseille de faire une neuvaine à la sainte Vierge, patronne de la maison de Thueyts et à St-François-Régis qui en est le second patron, et d'y joindre quelques jours de recueillement pour mieux entendre la voix de l'Esprit-Saint. »

« Cette lettre nous laissa dans la même indécision.

« Vers la fin de 1801, j'allai à Lyon voir mes parents que la paix rendue à la France y avait ramenés; le Jansénisme y faisait alors beaucoup de bruit, surtout dans les hautes classes de la société. On me prêta un ouvrage dédié à Mme la duchesse de Longueville et intitulé : *Instructions sur les sacrements de pénitence et d'eucharistie;* à mesure que je lisais ce livre, ma tête se troublait au point que je me crus obligée de recommencer toutes mes confessions. Le saint prêtre à qui je m'adressais m'écouta fort tranquillement, et comme je mettais toujours en avant ce que j'avais lu, il me répondit qu'il s'offrait de me prouver que l'ouvrage que je lui citais renfermait trente-deux propositions hérétiques : « Mon père, lui dis-je naïvement, je n'ai pas besoin de discussion, mais de paix ; veuillez seulement me dire ce que je dois faire ? » — « Votre confession ordinaire et pas autre chose. » — J'obéis et j'évitai de tomber dans un abîme d'où il m'eût été peut-être impossible de sortir. Je ne puis dire toute l'horreur que m'inspire cette malheureuse secte.

« Peu après mon retour à Vernoux, j'y vis arriver notre V. mère Rivier conduisant deux sœurs pour y fonder une école. Elle était si éloignée de nous solliciter à entrer dans sa congrégation qu'elle ne voulut pas même que l'on nous prévînt de son arrivée ; cependant, mes amies et moi, nous lui fîmes une visite de bienséance. Voyant qu'elle ne nous parlait nullement de notre vocation, je lui dis : « Madame, notre confesseur croit que Dieu nous appelle dans votre maison, mais nous éprouvons de grandes répugnances pour votre genre de vie. » – « Et qui vous presse de l'embrasser par force, me répondit-elle froidement ? Je suis moi-même loin de vous y engager ; mais lorsque Dieu appelle, on doit répondre à sa voix, sans se laisser arrêter par aucune considération humaine. »

« M. le Curé qui n'attendait pas encore les sœurs n'avait rien préparé pour les recevoir ; on a pu lire dans la vie de notre V. fondatrice qu'elles y eurent bien des humiliations à subir, et surtout de grandes privations à supporter. Pour ce qui me concerne, j'étais grandement édifiée de leur dévouement et de leur patience. Une petite fille avait porté, à l'école des sœurs, de la laine destinée à faire des chaussettes pour son père : notre chère fondatrice voulut diriger elle-même ce petit travail qui fut achevé en quelques jours. La mère en fut si enchantée qu'elle allait chez toutes ses voisines montrer l'ouvrage de sa fille, et toutes les autres mères de dire : « Oh bien, nons aimerons ces sœurs, puisqu'elles apprennent à travailler à nos enfants. » Je cite ce trait pour prouver à nos sœurs, qu'après la religion, rien ne fait mieux prospérer une école que d'inspirer aux élèves l'amour du travail.

« J'étais encore bien loin d'être décidée à suivre notre V. Mère : je souffrais un double martyre de la crainte d'aller contre la volonté de Dieu, et de la pensée de quitter ma famille pour embrasser une vocation entièrement opposée à mes goûts. Cependant mes parents, qui ignoraient tout, avaient accepté pour moi un parti plus avantageux encore que tous ceux qui s'étaient présentés. M. le Curé, qu'ils avaient chargé de me le faire agréer, s'acquitta fort bien de la commission. « Je vois bien, me dit-il, que vous n'êtes pas assez généreuse pour être l'épouse de Jésus-Christ ; vous n'avez donc rien de mieux à faire que de suivre le désir de vos parents. » Accoutumée à regarder les décisions de ce saint prêtre comme dictées par l'esprit de Dieu, je ne doutais nullement que je dusse me soumettre au silence ; mais mon âme était brisée : la répugnance que j'éprouvais pour l'enseignemént n'était pas comparable à celle que j'avais de m'engager dans le monde ; les plus tristes jours que j'ai passés dans ma vie sont assurément ceux où je me croyais obligée d'y consentir : je priais, je pleurais et ne pouvais me résoudre. Après une semaine qui me parut bien longue, je me décidai à exposer mon tourment. M. le Curé m'écouta jusqu'au bout sans m'interrompre, et me répondit en souriant : « On ne force personne à se marier, pas plus qu'à se faire religieuse, vous êtes donc parfaitement libre. » A ces mots, je me sentis comme déchargée d'un fardeau accablant : « Oh ! Monsieur, m'écriai-je, que vous me faites du bien ! je croyais que vous me l'ordonniez de la part de

Dieu.» «Aujourd'hui, ajouta-t-il avec gravité, je ne puis que vous répéter ce que je vous ai dit cent fois : Dieu vous appelle à la vie religieuse, et c'est à Thueyts que vous devez aller pour répondre à ses desseins sur votre âme. » Il me parla ensuite avec beaucoup d'estime de notre V. Mère qui était allée à Lalouvesc visiter le tombeau de saint Régis. J'ai su depuis qu'elle y avait tout spécialement prié pour connaître si Dieu m'appelait dans sa Congrégation. — « Je ne puis comprendre qu'une si petite personne se mêle de fonder un couvent, lui dis-je. » Comme par une inspiration soudaine, M. le Curé me dit : « Souvenez-vous que cette Congrégation, si petite aujourd'hui, sera une des premières du département, et que vous y verrez descendre les évêques. J'ai dit à Mˡˡᵉ Rivier que vous tiendriez ses comptes. » — Maintenant l'on pourrait croire ces paroles prophétiques, en les voyant littéralement accomplis. — A l'époque dont je parle, il n'y avait encore à Thueyts ni costume religieux, ni noviciat et très-peu de sœurs. Deux faisaient l'école à Burzet, une à Niaigles, une à St-Privat, une à Lagorce et deux à Vernoux.

« A son retour de Lalouvesc, notre V. Mère repassa par notre ville : « Je pars demain, me fit-elle dire ainsi qu'à mes compagnes ; si vous voulez me suivre, venez ! » Au même instant, la lumière se fit dans notre esprit, et notre résolution fut irrévocablement prise. Les demoiselles Pervencher partirent avec elle, et il fut convenu que je prendrais le prétexte d'aller aux eaux de Saint-Laurent, et qu'ensuite j'écrirais de Thueyts à ma famille pour lui annoncer que j'étais résolue d'y rester. Ce que je souffris jusqu'au jour de mon départ ne peut se rendre ; j'allais quitter tout ce que j'aimais pour embrasser un genre de vie qui me répugnait toujours davantage. La pensée que j'allais affliger ma mère, ma mère que je regardais comme la personne la plus parfaite que je connusse, et que j'aimais avec excès, me causait un martyre au dessus de toute expression : la vue de ma jeune sœur l'augmentait encore. Cette pauvre enfant, qui avait entendu dire que je devais partir comme les demoiselles Pervencher, me répétait sans cesse , en m'accablant de caresses : « Maman Aimée, ne t'en va pas ! » C'étaient autant de traits qui me perçaient le cœur. Plus le moment de la séparation approchait, plus j'étais malheureuse. La veille, je disais : « adieu, belle lune, je ne te verrai plus de ma maison paternelle ; Adieu, père et mère chéris ; adieu, je ne vous reverrai qu'au ciel. » Je fis mes adieux à toute la famille, sans laisser comprendre que c'étaient les derniers, et je partis le cœur bien oppressé. Après avoir passé Aubenas, je m'enfilai dans les montagnes que j'avais toujours détestées et que je trouvais plus désagréables encore. J'arrivai enfin au couvent de Thueyts : je crois que je n'aurais pas été saisie d'une plus grande tristesse, si j'étais entrée dans une prison. »

IV.

Avant de vous montrer notre vénérable sœur Marie luttant, pendant de longues années, contre sa répugnance pour l'instruction de la jeunesse et son penchant pour le service des malades, il me semble important, mes chères filles, d'entrer dans quelques considérations préliminaires, afin de répondre d'avance à cette objection que quelques-unes d'entre vous pourraient faire : Pourquoi a-t-on contrarié son attrait si prononcé, si constant, et lui a-t-on fait embrasser un état pour lequel elle n'éprouvait que du dégoût ?

D'après les maîtres de la vie spirituelle, il faut considérer trois choses dans la question de la vocation : l'appel de

Dieu, l'attrait et l'aptitude. Mais si la réunion de ces trois conditions est nécessaire pour constituer une vocation réelle, la première est, sans contredit, la plus essentielle, ou plutôt elle sert de garantie aux deux autres, qui en découlent comme de leur principe. Ce n'est donc pas assez d'avoir de l'attrait, du penchant, de l'inclination vers tel genre de vie pour y être appelé ; il faut que cet attrait, ce penchant, cette inclination viennent de Dieu, et qu'ils soient appuyés sur des motifs avoués par la foi.

La vocation religieuse est l'œuvre de l'Esprit-Saint ; nul ne peut se la donner ou l'acquérir. C'est ce que nous enseigne la parole formelle de l'Apôtre : « Personne ne doit choisir lui-même sa place dans la maison du Seigneur, mais il faut y être appelé de Dieu comme Aaron (1). » Néanmoins, cet appel divin n'est pas toujours si évident, que l'âme auquel il s'adresse puisse le discerner sans craindre de se tromper et de compromettre ainsi ses plus chers intérêts. Aussi, Dieu a-t-il préposé son ange, c'est-à-dire son ministre, pour être l'interprète de ses volontés ; c'est ordinairement le confesseur qui, connaissant à fond l'âme qu'il dirige, peut éclaircir les doutes, trancher les difficultés et faire luire la lumière au milieu des ténèbres dont elle se trouve environnée, et qui l'empêcheraient de découvrir ce qui se passe au fond d'elle-même. Mais ce qui est plus frappant encore, parfois Dieu a immédiatement intimé ses ordres à certaines âmes d'élite, et cependant il a exigé qu'elles se soumissent à ceux qui tiennent sa place dans l'Église : témoin saint Paul. La voix divine qui l'avait terrassé sur le chemin de Damas pouvait bien, en même temps, l'instruire et lui révéler qu'il était choisi pour porter le nom du Seigneur au milieu des Gentils, devant les rois et

---

(1) Héb. V, 4.

devant les enfants d'Israël (1). Et cependant, elle l'adresse à Ananie : « Entrez dans la ville, et là, on vous dira ce que vous avez à faire (2). »

Maintenant, mes chères filles, appliquant ces principes généraux à notre sujet, il est aisé de conclure que sœur Marie, douée d'un cœur compatissant et généreux, d'un caractère vif, immodérément empressé pour l'action, pouvait bien sentir le besoin de se dévouer au secours des misères humaines et au service des malades, redouter l'assujettissement qu'impose l'instruction de la jeunesse, sans être pour cela appelée de Dieu à la vie des Hospitalières, car toutes ces choses prouvaient en elle une forte inclination naturelle et ne constituaient point une vocation surnaturelle et divine. Le saint prêtre qui possédait tous les secrets de son âme et qui s'était appliqué à étudier les desseins de Dieu sur elle, ayant reconnu que c'était dans l'abnégation absolue, constante de ses goûts et de ses répugnances que se trouverait le triomphe de la grâce, la dirigea d'une main prudente et ferme vers ce but. M. Vernet et notre vénérable Fondatrice, si versés l'un et l'autre dans les voies spirituelles, plus que personne ennemis des vocations douteuses, n'hésitèrent pas un instant à croire sœur Marie appelée de Dieu dans notre Institut. Le mérite de cette dernière consiste à être entrée généreusement dans la voie de l'abandon au plaisir divin, avide d'y recueillir toutes les amertumes et toutes les joies que le divin Maître y sema en la suivant le premier. Elle eut des combats violents, mais jamais de regrets au sujet de sa vocation ; et en mortifiant son attrait sans le faire mourir, elle trouva le progrès dans la lutte et la paix dans le sacrifice ; d'ailleurs,

(1) Act. des Apot. IX, 15.
(2) Act. des Apot. IV, 5.

tout en manifestant avec franchise ses goûts et ses répugnances, elle n'exprima jamais le moindre désir de suivre
les uns pour fuir les autres.

Si je suis entrée dans tous ces détails, ce n'est que pour
votre instruction, mes bien-aimées filles ; car le profond attachement de notre vénérée sœur Marie pour notre Congrégation, les grands services qu'elle lui a rendus, sont des
preuves convaincantes qu'elle y était appelée de Dieu,
suivant cet oracle de la Sagesse éternelle : « Chaque arbre
se connaît à son fruit : un mauvais arbre ne peut produire
de bons fruits (1). » Je veux encore que le témoignage de
cette respectable sœur confirme tout ce qui précède. Peu
d'années avant sa mort, elle écrivait confidemment : « Si
j'étais entrée chez les Hospitalières avec mon caractère
hardi, entreprenant, je crois très-fermement que j'aurais
été extrêmement exposée ; car si j'ai fait tant de fautes dans
des fonctions opposées à mes goûts et à mes penchants,
j'en aurais fait bien davantage dans une position qui les eût
favorisés : d'ailleurs, ce qui m'attirait chez les hospitalières
était moins les œuvres de charité en elles-mêmes que l'éclat
extérieur qui y est attaché ; mon imagination me transpor-
tait continuellement dans un vaste hôpital, où j'aurais eu au
moins mille soldats à soigner. J'ai donc bien remercié le
Seigneur, et je le fais encore, de m'avoir placée dans une
vocation opposée à ma nature. Oh ! qu'on est heureux de se
laisser conduire et de renoncer à sa volonté propre pour
suivre celle de Dieu ! C'est surtout dans l'œuvre de la
vocation, qu'il importe de ne se point tromper, et qu'on peut
l'être facilement lorsqu'on veut se conduire soi-même. »

Au lieu de vous présenter le tableau des combats et des
victoires de cette âme vraiment magnanime, je préfère, mes

_____

(1) Luc, V, 4.

chères filles, la laisser vous les redire elle-même avec cet accent de simplicité et de vérité que nul autre récit ne pourrait surpasser, ni même égaler.

« J'arrivai à Thueyts, dit-elle, avec toute l'aversion dont on puisse être capable pour l'état que j'embrassais ; tout dans cette maison me paraissait repoussant, insupportable. Les demoiselles Pervencher, déjà parfaitement accoutumées, firent tout ce qu'elles purent pour me distraire : rien n'en était capable, sinon la lecture de quelques livres que M. Pontanier avait l'obligeance de me prêter. J'entrepris alors la lecture de l'histoire de l'Église en vingt-sept volumes.

« Notre V. Mère était au Puy : elle en revint quelques jours après mon entrée au couvent ; je lui découvris avec franchise mon ennui et mes répugnances pour l'instruction des enfants. Elle ne parut guère en faire cas ; et, le lendemain, elle me confia les plus jeunes élèves du pensionnat. La semaine suivante, M. Vernet m'annonça qu'il allait m'installer dans mon emploi de pharmacienne, ajoutant : « Si je ne l'ai pas fait plus tôt, c'est que sœur Madeleine s'acquittait fort bien de l'office d'infirmière. » — Dans le fait, il n'y avait pas besoin de pharmacienne au couvent de Thueyts, puisqu'il n'y avait pas de pharmacie, mais seulement une très-petite armoire dans laquelle étaient quelques fioles et deux ou trois boîtes d'onguent. — Monsieur, repris-je vivement, ce n'est pas du tout l'emploi que je souhaitais, mais d'être employée dans un grand hôpital ; si c'est là toute votre pharmacie, vous pouvez faire de moi tout ce que vous désirez : je suis disposée à obéir, quoi qu'il m'en coûte. Je le priai ensuite de conférer encore une fois avec M. le curé de Vernoux sur la persévérance de mon dégoût pour l'instruction, l'assurant qu'une nouvelle décision me tranquilliserait. A son retour de Vernoux, ce vénéré Supérieur m'ayant dit qu'il allait m'envoyer à Montpellier faire un petit cours de pharmacie à l'hospice St-Éloi, et qu'après y être demeurée quelque temps, je serais employée à former quelques sœurs pour le même emploi. - Je ne vous promets pas de revenir, lui répondis-je ; soyez certain que lorsque je me verrai dans une occupation si fort de mon goût, je serai tentée d'y rester. Notre V. Mère, qui était présente, réfléchit un moment avant de parler, selon son habitude, et dit ensuite : « Vous avez raison, mon enfant, ainsi vous n'irez pas. » Il n'en fut donc plus question.

« Je repris mes occupations avec la même répugnance, et durant dix-sept ans, si ce n'est quelques voyages et le temps que je consacrais à la tenue des comptes de la maison et à la correspondance, je suis restée nuit et jour au milieu des élèves ; l'exiguïté du local rendait cet assujetissement doublement pénible. Il m'arrivait quelquefois de mettre la tête dans ma petite armoire, parcequ'alors seulement, il me semblait respirer seule. Comme j'avais la permission de consacrer une demi-heure à la lecture, je lisais les réponses de quelques juifs portugais à Voltaire : ce qui me débandait un peu la tête. Lorsque les répugnances étaient plus vives, je me disais : tu souffres bien, il est vrai, mais la souffrance loin d'être un obstacle au salut, en est le moyen le plus assuré ; tu n'as aucune satisfaction naturelle, mais le mérite de la vie religieuse est de les sacrifier. »

A cette époque, notre V. Mère était tout à la fois supérieure et maîtresse des novices, la Congrégation n'ayant pas encore de noviciat régulier, pas même de costume religieux. Quelques jours avant la fête de la Présentation, il fut décidé que toutes les sœurs prendraient un costume noir. Aussitôt notre chère Aimée fait un paquet de ses vêtements séculiers et vient avec allégresse le déposer aux pieds de notre V. Mère qui ne peut s'empêcher de louer sa générosité. « Ma bonne mère, lui dit-elle, je ne fais pas un sacrifice, car rien ne m'est plus importun que l'assujettissement aux exigences de la mode. »

Encore au début de sa vie religieuse, notre fervente novice avait acquis déjà tant d'empire sur elle-même, que rien à l'extérieur ne révéla jamais les combats qu'elle soutenait contre la nature. Elle était employée au pensionnat avec nos sœurs Gertrude et Chantal, l'une et l'autre aimables, spirituelles, ayant reçu une brillante éducation et très-vertueuses. Eh bien, sœur Marie ne se permit pas avec elles le moindre épanchement, ne leur manifesta jamais la plus petite répugnance; aussi la chargeaient-elles volontiers de récréer les élèves, croyant lui faire plaisir : « Que vous êtes donc heureuse, lui disait sœur Chantal, avec une gracieuse amabilité ! on voit bien que vous faites tout par attrait : comme le bon Dieu vous gâte ! » Et pas un mot, pas un geste ne trahissait le secret des répugnances et des luttes intérieures que sœur Marie avait à surmonter.

En 1803, sœur Gertrude écrivait à la V. Mère qui était au Puy : « Sœur Marie fait paraître toujours plus de sagesse dans ses jugements et de ferveur dans sa conduite. Plus elle conserve d'amabilité avec nous, et plus elle montre une juste sévérité à l'égard des élèves ; elle est tout yeux, tout oreilles, ne tolère aucun défaut de caractère, aucune négligence en ce qui concerne l'ordre et la discipline. Son esprit naturel, qui brille partout, la seconde admirablement et lui suggère mille expédients ingénieux, mille réparties pleines d'à-propos. Enfin, plus je l'examine, plus je la trouve heureuse dans sa vocation, et plus, surtout, je comprends que nous sommes heureuses de la posséder. »

Par le même courrier, sœur Marie écrivait : « C'est tout de bon, ma bien chère Mère, que je veux me convertir ; ma résolution est ferme et sincère : jusqu'ici j'avais cru pouvoir allier la perfection et la volonté propre, l'amour de Dieu et un attachement excessif à ma famille, et je prenais les révoltes de la nature pour les marques d'une vocation qui n'est pas celle à laquelle Dieu m'a appelée. Le voile est enfin tombé, et c'est vous, tendre Mère, qui l'avez arraché ; je vois clairement mon erreur, et j'y renonce pour jamais : satisfactions naturelles, attachements humains, vous combattre sera désormais ma constante occupation ; volonté de mon Dieu, vous serez le mobile de toute ma conduite. Quelle reconnaissance ne vous dois-je pas, Seigneur, pour tant de grâces de choix auxquelles j'ai si mal répondu ! Ah ! qu'à l'avenir je sois plus fidèle ; que ce cœur que vous m'avez donné s'immole sans réserve et sans partage ; que son dévouement soit entier et constant, et que toute sa sensibilité se tourne vers vous, Dieu si aimable et si bon !

« Ma bonne Mère, continuez vos charitables soins à votre indigne fille ; trop heureuse si Dieu, dans sa miséricorde, la destine à passer près de vous le reste d'une vie dont les prémices ont été données au monde. Puissent vos jours être longs et heureux ! je le souhaite pour les intérêts de la gloire de Dieu, ceux de l'Église et les nôtres. Puissent notre respectueuse tendresse, notre obéissance exacte et sans bornes vous procurer quelque soulagement au milieu de vos pénibles travaux ! L'amour et la confiance que vous m'inspirez ne finiront qu'avec ma vie. »

Le jour de la Pentecôte de l'année 1804, notre chère Aimée fit sa profession religieuse qu'elle demanda de sceller du vœu de chasteté perpétuelle ; elle y joignit plus tard ceux de pauvreté et d'obéissance. L'acte en fut déposé entre les mains de M. Vernet. Elle reçut en ce jour les noms de Marie Vincent de Paul ; cependant, dans la Congrégation, elle fut toujours désignée sous le premier de ces noms.

La lettre suivante, datée de 1805, nous apprend que sœur Marie, peu de temps après sa profession, fut chargée par notre V. Mère de visiter quelques écoles. « Toutes les sœurs que j'ai vues dans ma tournée sont bien ferventes ; malheureusement je ne suis pas de ce nombre ; je souffre beaucoup d'être obligée de les reprendre de leurs fautes qui sont une suite de la .a.u.esse inséparable de notre pauvre nature, étant moi-même si imparfaite ; à leur place, je gâterais tout. Dieu soit béni, je fais sa volonté en faisant la vôtre. Si vous saviez comme je suis neuve pour la vertu, vous ne me donneriez pas votre confiance. Adieu, Mère bien chérie et si digne de l'être ; souffrez que je vous embrasse affectueusement, en vous assurant que je serai toujours votre tendre, quoique très-indigne fille. »

Pénétrée d'estime pour celle qui tenait la place de notre V. Mère, sœur Marie saisissait toutes les occasions de lui en donner des preuves. « En l'absence de notre chère Mère, dit-elle, nous crûmes devoir fêter sœur Chantal avec des chansons, des compliments, des guirlandes de fleurs que lui offrirent les élèves : c'était très-gai. Ensuite personne de plus empressée que moi de tout raconter à M. le Supérieur ; mais il se fâcha très-fort, et ce jour même il ajouta à nos règles l'article concernant les fêtes des sœurs. » Notre V. M. Rivier avait délégué sœur Marie pour la remplacer au parloir lorsqu'elle serait absente ; celle-ci lui écrivit à cette occasion : « Que j'ai envie de vous faire un reproche, ma très-chère Mère ! Est-il bien possible qu'il vous soit venu en pensée de me charger de répondre aux étrangers ? Je ne puis vous exprimer la peine que me fait éprouver cette obédience : il me reste cependant une consolation, c'est que toutes les bévues que j'ai faites durant ce peu de jours vous convaincront pour jamais que je ne suis pas propre à cet emploi. »

Le billet suivant, adressé par M. Vernet à sœur Marie, prouve mieux encore combien sa vertu était déjà solide, et l'estime qu'en avait notre pieuse Fondatrice.

« Ce qu'a fait Mlle Rivier en vous priant de l'avertir de ses fautes, n'est, vous le savez, que très-conforme à ce que commande la règle ; humiliez-vous en, à la bonne heure ; mais obéissez ; servez-vous de cette occasion pour l'avertir de veiller sur sa santé. — Je lui ai dit et je le lui répète que, pour son *corps*, je vous constituais sa supérieure. Tenez ferme ; rappelez-lui l'exemple de saint Régis obéissant ponctuellement au frère nommé pour soigner sa santé.

« Quant à vous, chère fille, puisque Dieu vous tire du côté du recueillement et de l'abnégation, suivez cette direction divine. Priez pour moi, je le fais tous les jours pour vous. »

Vers cette époque, elle eut occasion de pratiquer un acte de charité qui lui donna une grande consolation. Une fille pauvre, âgée de dix-huit ans, mendiante et sans asile, fut atteinte d'une grave maladie et réduite à coucher pendant dix jours dans une étable ; personne ne voulait lui donner l'hospitalité et prendre à sa charge les soins pénibles qu'exigeait son état. Sœur Marie n'eut pas plutôt appris la position de cette pauvre malade que, touchée de son délaissement, elle la recueillit dans une maison attenante au couvent, fit appeler un médecin et lui prodigua tous les soins de la charité la plus attentive. Joignant la miséricorde spirituelle à l'assistance corporelle, elle enseigna le catéchisme à cette pauvre fille qui n'avait pas encore fait sa première communion. A cette occasion, son attrait pour les malades pauvres et abandonnés, lui fit concevoir l'idée d'établir à Thueyts un petit hôpital où on leur donnerait tous les soins que réclamerait leur état ; et comme elle n'avait rien de caché pour notre V. Mère, elle lui écrivit au Puy pour lui communiquer ce projet, et lui faire part de la bonne œuvre qui l'avait inspirée. « J'ai bien envie de vous prier, ma bonne Mère, de demander à M. le Supérieur qu'il vous permette de commencer ici un hôpital, le jour de la Présentation. Croyez, chère Mère, que si vous y placiez trois lits en l'honneur de la sainte Trinité, un en l'honneur de la sainte Vierge et un autre en l'honneur de saint Joseph, ils seraient comme cinq avocats qui parleraient pour nous à Dieu. »

Notre V. Fondatrice fit à cette lettre une réponse où se remarquent également son cœur compatissant envers les malheureux et sa sagesse qui ne veut rien précipiter pour la réalisation d'une œuvre à faire ou d'un bien qui lui apparait, mais attendre et suivre uniquement l'ordre de la Providence. « Vous avez bien fait, ma chère fille, lui dit-elle, de ramasser de la rue cette pauvre malade ; qu'on l'instruise bien, et qu'on en ait grand soin. Mon cœur ne se refusera jamais à de pareilles œuvres, et je souffrirais moins d'être à la place de ces infortunés que de les délaisser. Si le bon Dieu veut que nous fassions un hôpital, il fera connaître sa volonté par les supérieurs qui nous dirigent : en attendant, nous ferons tout notre possible pour soulager les malades abandonnés. »

Sœur Marie était en cours de visite, lorsqu'elle apprit que son excellente et pieuse mère était gravement malade. M. Millot avait envoyé un exprès pour prévenir sa fille de l'état où se trouvait sa mère, et en même temps il écrivait à la Supérieure pour lui faire connaître les raisons exceptionnelles qui nécessitaient la présence de sœur Marie à Vernoux. Notre V. Mère était absente. M. Vernet, voyant qu'il ne pouvait, sans de grands inconvénients, s'opposer à cette visite, accorda la permission demandée.

La correspondance de sœur Marie, dans sa famille, vous sera, mes chères filles, une nouvelle preuve de la solidité de sa vocation.

« Vous ne sauriez croire, écrivait-elle à notre V. Mère, tout ce que je souffre ici, soit de la part des autres, soit des combats que je soutiens contre moi-même. Ceux en qui je dois avoir plus de confiance me disent qu'en quittant ma famille, dans la circonstance présente, je vais contre toutes les lois divines et humaines : mon cœur me dit qu'ils ont raison ; mais d'un autre côté, il me semble que Dieu, mes supérieurs et même ma volonté supérieure m'appellent à mes premiers devoirs. Oh ! que la voix de la nature est donc trompeuse ! Conduisez-moi, bonne Mère, et comptez sur mon exacte obéissance. Quelle que soit votre décision, j'y adhérerai comme à la volonté signifiée de mon Dieu. Toute ma consolation en ce monde est de me soumettre au bon plaisir divin. »

Quelques jours après, elle disait dans un billet adressé à sœur Chantal : « Dix fois le jour, je remercie le Seigneur de m'avoir tirée du milieu de ce monde pervers : aussi soupirai-je après le moment où je retournerai à mon cher couvent de Thueyts, ce paradis anticipé ; car, croyez-le bien, notre aimable maison ne se présente pas à moi sous un autre aspect. Adieu, priez pour moi ; je crois que Dieu n'a permis ce voyage que pour achever de me dégoûter du monde. Oh ! que je le hais ! quel supplice Dieu m'imposerait en m'obligeant d'y passer le reste de ma vie ! »

Une autre fois elle écrivait, dans le langage le plus filial, cette lettre de condoléance à notre V. Fondatrice. « Vous êtes donc malade, Mère tendrement chérie ; je le craignais d'après la lettre de M. Vernet, et lors même que vous ne m'auriez rien dit de votre indisposition, votre écriture me l'aurait fait comprendre. Le bon Dieu, qui sait combien votre vie est utile et votre santé précieuse, écoutera nos vœux ; quelque indignes que nous soyons de vous avoir pour Mère, il sera touché de notre faiblesse et ne nous laissera pas orphelines encore dans l'enfance. Si je ne vous connaissais pas si dure à vous-même, bonne Mère, je serais moins en peine. Au nom de Dieu, ménagez-vous pour sa gloire ; il sait seul combien je souffre de ne pouvoir vous être utile et combien ma vocation m'est chère, il me tarde beaucoup d'aller reprendre mes exercices. Je vous promets de ne plus désirer la mort, mais plutôt de travailler longtemps et mieux que je n'ai fait. »

Le 31 décembre 1805, sœur Marie annonçait la mort de sa vertueuse mère : « En vain, je m'étais flattée que Dieu, content de ma résignation, n'exigerait pas la consommation de mon sacrifice. Adorable Providence, vos décrets sont accomplis ! J'ai bu jusqu'à la lie le calice d'amertume que vous m'aviez préparé de toute éternité ! Vous n'avez cependant pas voulu, ô mon Dieu, me laisser sans consolation, une mort si paisible, si sainte adoucit, dissipe presque ma douleur.

« Ainsi que j'avais eu l'honneur de vous l'écrire, ma bonne Mère, ma pauvre maman, jeune encore, entourée d'une famille qui la vénérait, laissant mon père vieux et infirme avec deux enfants en bas âge, voyait approcher avec effroi le moment qui devait l'arracher à tant de légitimes affections. Cet état, si pénible pour elle et pour nous, changea spontanément. Nous ne pouvons attribuer cette grâce qu'à vos prières et à celles de tant de saintes âmes qui plaidaient aussi notre cause auprès du Dieu de toute consolation. Maman a fait ensuite le sacrifice de sa vie avec tant de générosité, que l'on avait besoin de l'exhorter à ne pas trop désirer la mort ; elle a demandé elle-même tous les secours de l'Église et les a reçus avec la plus tendre piété.

« Une chose bien remarquable c'est que, depuis deux mois, elle assurait sans cesse qu'elle mourrait le jour de Noël. Ce jour-là, elle reçut, pour la troisième fois, le saint Viatique. Après vêpres, M. d'Yndi vint la voir et lui dit en riant : Eh bien, Madame, le jour de Noël sera bientôt terminé, et, grâce à Dieu, votre prophétie ne s'accomplira pas. « Monsieur, lui répondit-elle avec une certitude qui nous fit tressaillir, le jour n'est pas encore fini, et vous verrez demain. » Vers les dix heures du soir, elle eut une crise, nous étions tous autour de son lit : après avoir donné à mon pauvre père un dernier gage de sa tendresse et nous avoir bénis, elle exhala son dernier soupir.

« Ce qui rend ma douleur plus accablante encore, c'est d'entendre tous mes parents et nos amis répéter sans cesse, qu'en quittant ma mère, j'ai causé sa mort. Hélas ! que de fois, avant notre séparation, elle m'avait dit qu'elle n'y survivrait pas, que mon départ lui coûterait la vie ! Dieu a tout permis : je n'en suis pas moins attachée à ma vocation, bien persuadée, qu'en l'embrassant, j'ai accompli la volonté de Dieu. »

Désormais, le souvenir de la mort de sa mère sera pour notre chère sœur Marie une blessure toujours saignante, que le temps ne cicatrisera pas, mais que la foi ne cessera d'adoucir par ses consolations et ses promesses immortelles.

V.

Après s'être arrachée à la tendresse de son vénérable père, qu'elle aimait plus que tout, mais moins que Dieu, sœur Marie rentra, avec une sainte joie, au sein de sa famille religieuse à laquelle l'unissaient des liens et plus forts et plus doux que ceux que forment la chair et le sang. Elle reprit avec un courage, renouvelé dans le sacrifice, les exercices de la vie régulière et ses fonctions auprès de ses élèves. A dater de cette époque jusqu'en 1815, les annales de notre Congrégation nous la représentent exerçant simultanément les offices de maîtresse du pensionnat, de secrétaire et de visitatrice. Grâce à la lucidité de son esprit, à l'activité ferme et constante de son caractère et à son dévouement inépuisable, elle sut embrasser l'ensemble de ces fonctions si opposées sans se laisser absorber par la multiplicité des détails. Comprenant mieux que personne quels services importants cette jeune sœur pouvait rendre un jour à la Congrégation, M. Vernet voulut l'initier lui-même aux secrets de ce grand art de l'administration des communautés dans lequel il excellait ; de son côté, notre V. Fondatrice, par ses paroles et par ses exemples, lui communiquait le zèle apostolique dont son âme était embrasée. Saint Ignace arracha saint Xavier aux illusions de la gloire terrestre en lui répétant cette divine maxime : « Que sert à l'homme de gagner tout l'univers, s'il vient à perdre son âme » , et notre V. Mère soutenait sœur Marie dans les combats que lui livrait sa nature rebelle en lui faisant contempler l'affligeant spectacle de l'Église de France, n'offrant alors que des débris et des ruines : « Ma chère fille, lui disait-elle, le bonheur de travailler à la gloire de Dieu et au salut des âmes est préférable, non seulement aux plaisirs de ce monde, mais aux délices du paradis. » Docile à ce langage si digne d'elle, sœur Marie se livrait sans réserve à l'action de la grâce, remplissant ses fonctions d'institutrice avec ce dévouement pur qui se donne sans attendre de retour, que Dieu bénit et que le ciel couronne. Du reste, sa générosité eut dès ici-bas sa récompense, car sa classe lui devint par la suite aussi agréable qu'elle lui avait d'abord été pénible. Il n'est aucune de vous, mes chères filles, qui ne l'ait cent fois entendue répéter : « Faire connaître et aimer Dieu à de jeunes cœurs que les passions n'ont pas encore troublés, que le monde n'a pas encore flétris, oh ! que c'est grand, que c'est admirable ! Il n'y a rien de plus beau en ce monde ; si nous le comprenions bien, nous n'aurions qu'un désir : celui de nous épuiser dans cette sainte occupation. » Ce n'était pas là une de ces paroles qu'on répète sans la comprendre ; c'était un mystère dont elle pénétrait toujours davantage la profondeur : s'épuiser pour Dieu et pour les âmes ; voilà quelle fut la constante aspiration de son cœur, et cela jusqu'à la fin de sa vie.

Dans le courant de l'été dernier, une de nos jeunes sœurs, avant de se rendre à son poste, vint faire ses adieux à notre respectable sœur Marie. « Où allez-vous, lui demanda-t-elle avec un vif intérêt ? — A Bordeaux. — Oh ! que ne puis-je vous suivre, reprend avec un véritable transport notre chère sœur ! que vous êtes donc heureuse d'aller travailler à la gloire de Dieu ! dans l'éternité seulement, vous comprendrez ce bonheur. J'ai 84 ans ; eh bien, je puis vous assurer que, si j'ai eu des peines, des ennuis dans ma vocation, je n'ai pas regretté un seul instant le monde ; et, si le bon Dieu voulait, je recommencerais à travailler pendant 84 ans encore. »

Une de nos sœurs, qui a eu l'avantage d'être élevée par sœur Marie, lui a rendu le témoignage suivant : « Je conserverai jusqu'à mon dernier soupir un souvenir plein de reconnaissance des bontés de sœur Marie pendant mon séjour au pensionnat. Elle était vraiment une mère pour ses élèves ; la fermeté, il est vrai, dominait dans sa direction, mais la tendresse de son cœur se révélait en toute circonstance, même dans ses corrections. Jamais de paroles amères, de procédés blessants, encore moins de ces punitions qui dénotent plutôt l'emportement ou l'irréflexion que le zèle et la prudence. Il me semble la voir encore, malgré son imposante gravité, se prêter à nos jeux avec une aimable condescendance ; elle était ingénieuse à en inventer de nouveaux et à nous intéresser par des histoires qu'elle adaptait aux besoins du moment présent, soit par rapport à un avis à donner, ou à un défaut à corriger. Nos joyeux ébats pendant la récréation la rendaient heureuse ; aussi répétait-elle souvent qu'elle tenait pour suspectes les élèves qui n'aimaient pas à jouer et se tenaient à l'écart.

« Il est impossible d'exprimer avec quelle sainte ardeur elle faisait l'instruction religieuse : lorsqu'elle nous parlait de l'éternité, des perfections de Dieu et surtout de l'amour de Notre-Seigneur au saint Sacrement, son cœur semblait un fleuve intarissable. Elle mettait également un grand zèle à nous inspirer l'amour du travail, l'esprit d'ordre, de propreté et d'économie. Sur ce dernier point, elle descendait jusqu'aux plus petits détails. Elle allait jusqu'à se faire rendre compte du nombre de feuilles de papier qu'on nous donnait pour écrire nos devoirs. »

Les écrits confidentiels de cette vénérable sœur sont une nouvelle preuve de sa fidélité à remplir ses fonctions d'institutrice. Je les ai parcourus avec beaucoup d'attention, entre autres un petit livret, trouvé intact après sa mort, dans lequel elle avait déposé, chaque année, depuis 1808, ses pensées intimes et même ses fautes secrètes ; eh bien, je n'ai trouvé qu'une seule fois cet aveu : « Écoutant mes répugnances naturelles, j'ai négligé mes devoirs envers les élèves. » Toutes nos vénérables sœurs anciennes s'accordent à dire que les jeunes personnes élevées par notre sœur Marie se distinguaient par une piété solide, une grande simplicité et l'amour du travail, et elles se faisaient gloire de l'avoir eue pour maîtresse, lui conservant un souvenir plein de reconnaissance et d'estime. Trois jours avant sa mort, elle nous en donna elle-même, presque à son insu, un bien doux témoignage. Parlant du pensionnat de Thueyts avec une de nos sœurs qui y a fait son éducation, elle lui disait : « Grâce à Dieu, aucune de nos élèves de cette époque ne s'est mal conduite. » Puis, elle demandait des renseignements sur celles dont les noms n'avaient pas échappé à sa mémoire, et, apprenant que la plupart n'étaient plus de ce monde, elle leva les mains au ciel en disant du ton le plus attendrissant : « Pauvres enfants, c'était bien à moi à mourir la première ; mais je les reverrai au ciel. Oh ! comme tout cela me dit que je suis trop vieille pour rester davantage sur la terre ! » C'est, vous le savez, notre digne sœur Marie qui avait élevé notre pieuse et toujours plus regrettée mère Arsène, et cette œuvre seule suffirait pour sa couronne.

Le but que je me propose, mes chères filles, est moins de vous faire connaître les qualités extérieures de notre respectable sœur Marie, que de vous révéler les vertus qui la rendaient si agréable à Dieu. Il y avait en elle deux personnes bien distinctes : l'institutrice et plus tard l'assistante, se dévouant avec une infatigable ardeur à l'avancement de ses élèves et à la prospérité de notre institut, et la religieuse, luttant en secret contre sa nature et travaillant sans relâche à l'œuvre de sa propre sanctification. Cette dernière est celle qu'il importe de faire connaître, puisqu'elle est la moins connue et qu'elle peut nous servir de modèle à toutes. Mais je veux la laisser se peindre elle-même dans ses entretiens familiers, dans sa correspondance, dans les détails de sa vie intime, et surtout en reproduisant ce qu'elle écrivait sous l'œil de Dieu, en face de sa conscience, à la faveur de la lumière que communique la retraite. Son travail constant de l'âme fut d'abord de retourner contre elle-même cette ardeur exhubérante qui faisait le fond de son caractère et cette énergie de volonté, qui eût dégénéré en témérité et l'eût poussée à l'orgueil et à l'indépendance, si elle n'eût été sagement dirigée et contenue, et ensuite, de s'identifier à Notre-Seigneur, de passer en lui en prenant tous ses sentiments, en se fondant en sa sainte volonté.

Parfois, son âme goûtait une paix si douce et si profonde, qu'elle craignait l'illusion. En 1808, elle écrivait à M. Vernet : « Veuillez, Monsieur le Supérieur, prier un peu pour votre pauvre fille qui en a grand besoin ; elle est toujours empressée et peu mortifiée. Cependant Dieu est si bon à mon égard, que je devrais bien lui être fidèle : je n'ai jamais été si heureuse et si calme ; je prie Dieu avec une grande facilité, et il me semble que je ne tiens qu'à lui seul. Cette pensée d'être toute à Dieu et de n'être attachée à personne que dans l'ordre de sa providence, fait sur moi une impression que je ne puis rendre ; elle me porte à la douceur, à la patience et au recueillement. Je crains qu'il n'y ait en tout cela de l'illusion et de l'orgueil ; je ne perds pourtant pas de vue mes misères et mes péchés. Jamais, je n'eus sur Dieu des idées plus simples ; la paix et la joie que j'éprouve sont inexprimables et ce sont toujours les mêmes sentiments et les mêmes pensées qui me fixent en Dieu. Parfois, il m'est comme impossible de contenir intérieurement ce que j'éprouve, et je sens le besoin de le communiquer sans savoir que dire, ni comment le dire. Notre-Seigneur me permet la plus douce familiarité à son égard; malgré que je reconnaisse mon indignité, je m'y porte de toute mon âme, ou plutôt il me semble que je me perds en lui. Il me vient souvent à l'idée que ce calme sera suivi d'un grand orage : *Fiat !* Dieu connaît ma faiblesse, et je ne puis que m'abandonner à sa volonté. »

Vous ne lirez pas sans édification la réponse de notre vénéré Supérieur : « Seigneur, disait le Roi-Prophète, envoyez votre lumière et votre vérité ; elles me guideront et me conduiront sur votre sainte montagne et dans vos sacrés tabernacles. » Ce que demandait à Dieu ce saint roi, nous devons sans cesse, ma chère fille, le solliciter de sa bonté. Aussi l'Église met-elle cette même prière dans la bouche de ses ministres au moment où ils vont monter à l'autel. Le fruit funeste du péché, c'est de laisser nos âmes dans les ténèbres et de nous cacher la vérité, ou plutôt de ne nous la laisser voir que très-faiblement ; mais quand Dieu daigne lever un coin du voile épais qui couvre nos esprits, oh ! quelle douce et vive émotion à la vue de la vérité ! nous nous sentons tout-à-coup transportés comme sur une haute montagne d'où nous voyons avec surprise, mais très-clairement, le néant des choses créées, la folie du siècle, la petitesse de nos frivoles recherches. Cette même vérité nous laisse entrevoir les labyrinthes éternels, et, dans cet heureux état, l'âme se sent comme dans un nouvel être ; la bonté de Dieu se découvre à elle ; elle se sent près de Dieu, elle goûte Dieu ; tout cela, sans doute d'une manière bien différente de cette manifestation que Dieu fait de lui-même à ses saints dans le ciel, lorsqu'il se montre à eux face à face et qu'il se répand sur eux comme un torrent de chastes voluptés. Ce bonheur, Dieu veut que nous le lui demandions, que nous le recherchions ; mais il nous l'accorde rarement, parce que nous nous en rendons indignes par nos infidélités, et surtout par la recherche continuelle de nous-mêmes. Quelquefois seulement, il en favorise des âmes très-imparfaites, toutes remplies de défauts, et cela pour les soutenir dans de grandes épreuves ou les fortifier dans de grandes souffrances, ou les disposer à des desseins particuliers qu'il a sur elles.

« Vous devez voir déjà, ma chère fille, que si Dieu a daigné vous visiter ainsi et vous attirer à lui, ce n'est pas le fruit de vos mérites, qu'il n'y a rien là qui doive vous enorgueillir ; ces grâces sont comme celles de notre vocation à la foi, de notre justification ; elles sont un pur don de Dieu ; c'est donc dans le vase de notre bassesse, de notre misère, de notre néant que nous devons les recevoir. Aussi, quand Dieu en favorise une âme, il la tient fortement fixée sur la vue de son indignité et de ses abominations passées et présentes. Enfoncez-vous donc toujours davantage dans la vue de cette fange impure, pour vous tenir habituellement dans le sentiment de la plus profonde humiliation, mais suivez doucement et sans effort les mouvements de la grâce, laissant agir Dieu en vous. A la faveur de sa lumière et de sa vérité, coupez, tranchez, brûlez tout ce que vous voyez en vous qui lui déplaît : remplissez-vous de l'esprit de générosité et de sacrifice ; aimez les souffrances et les mépris ; désirez que l'univers entier vous oublie ; Dieu seul, Dieu seul !

« Avant de prendre votre repos, vous entrerez dans les sentiments du saint roi David : « Pour moi, Seigneur, je goûterai tout à la fois les douceurs du sommeil et de la paix, parce que vous m'avez établi dans une singulière confiance. » Ensuite, laissez agir la nature pour prendre le repos qui lui est nécessaire. »

C'est dans la tribulation que se fortifie l'amour divin, et la vertu qui n'a pas été éprouvée n'en mérite pas le nom ; d'ailleurs notre vénérée sœur étant destinée à être non seulement une pierre fondamentale de la Congrégation, mais un de ses plus fermes appuis, devait être ciselée par l'affliction aussi bien que polie par l'onction de la grâce. En 1812, elle écrivait à notre vénéré Père :

« Lorsque je vous ouvris mon âme, il y a quelques années, j'éprouvais de fréquentes consolations, une facilité particulière à me recueillir, un doux et continuel attrait à suivre en tout la sainte volonté de Dieu. J'avais des lumières très-vives sur les vérités de la foi et sur les mystères, principalement sur celui de l'eucharistie; mais, depuis lors, j'ai éprouvé de grands tourments intérieurs. Il me semble qu'un mur de séparation s'est élevé entre Notre-Seigneur et mon âme ; il m'est comme impossible de prier, et je ne puis même comprendre ce que je lis. Saisie de crainte et d'une indicible tristesse, mon âme est environnée de ténèbres comme si j'étais en enfer; la réprobation et le désespoir m'oppressent avec une violence au - dessus de toute expression ; il me vient même l'envie de blasphémer contre Dieu et sa justice : au milieu de ces angoisses, je suis tout étonnée de parler et d'écrire selon le bon sens ; il m'arrive même de dire alors des choses pieuses et affectueuses, éprouvant tout le contraire intérieurement. Il me semble que j'agis machinalement et qu'un autre parle pour moi sans ma participation ; les répugnances pour mes fonctions sont alors beaucoup plus fortes ; ordinairement, je tombe dans cet état par gradation, et j'en sors de même. Lorsque la tourmente est passée, je suis comme quelqu'un qu'on aurait tiré du fond de la mer et laissé sur la grève, seul, triste, mais tranquille. Chaque fois que je retombe dans cet état, il m'est aussi nouveau et aussi pénible que la première fois ; d'ailleurs, il me fait perdre jusqu'au souvenir du passé. Ces désolations me laissent dans une profonde humiliation intérieure, tandis que la consolation m'expose à des pensées d'orgueil qui me causent tant d'effroi que je leur préfère cent fois le trouble et la peine ; souvent, il m'est arrivé d'éprouver de grandes consolations et de tomber brusquement dans l'aridité et la sécheresse.

« Un jour, je récitais mon chapelet en me promenant près de la chapelle ; tout à coup, je fus saisie d'un sentiment si vif de la présence de Dieu, que l'univers entier ne semblait plus exister pour moi, et j'entendis, au fond de mon âme, ces paroles très-distinctes : « Juge par le plaisir que tu aurais de voir ta mère celui que tu éprouveras un jour de me voir. » Ce qui se passa en moi fut court, mais il m'en est resté une idée très-claire et très profonde de la bonté de Dieu et de la surprise que me causera un jour sa vue ; je ne crois pas que le langage humain puisse exprimer ce que j'éprouvai alors. J'eus beaucoup de peine à me remettre ; l'attrait que Dieu m'avait donné pour le détachement de tout ce qui est créé s'est tellement fortifié en ce moment que, depuis, il me semble voir les honneurs, les richesses, les plaisirs, la vie la plus longue et la plus heureuse, enfin, la terre entière comme des atômes devant Dieu ; j'éprouve un étonnement sans cesse croissant du prix qu'on y attache dans le monde ; il me semble que ceux qui en parlent avec tant d'estime pensent différemment ou qu'ils sont comme des enfants qui s'amusent à bâtir des châteaux de cartes. Tout ce que j'ai reçu de lumières et d'attraits me dirigent constamment vers Jésus - Christ caché dans la divine eucharistie ; tous les autres mystères ne peuvent fixer mon esprit, si je les en sépare. Je prie et honore la sainte Vierge et les saints, mais mon âme ne paraît trouver son centre qu'en Jésus au saint sacrement. Lorsque je veux méditer les perfections infinies du Père éternel et de l'Esprit-Saint, cette parole de Notre-Seigneur me revient sans cesse : « Philippe, celui qui me voit, voit aussi mon Père. » Impossible de dire comment cette parole me fixe en Jésus-Christ; c'est la sainte eucharistie qui m'a convertie dans le monde et qui me soutient dans les répugnances que j'éprouve pour ma vocation comme dans les peines intérieures qui m'accablent souvent. Je voudrais m'en occuper sans cesse, et je ne connais pas de sacrifice au dessus de mes forces quand il s'agit de répondre à l'amour de Notre-Seigneur dans le saint sacrement ; cependant, rien n'est plus petit, rien n'est plus indigne que mes pensées et mes sentiments sur ce grand mystère : pour satisfaire pleinement mon attrait, je le sens, il me faudrait être placée au ciel, de manière à n'avoir qu'à contempler et adorer la sainte eucharistie. Non , l'éternité ne sera pas trop longue pour aimer et remercier Notre-Seigneur de son amour; cette seule pensée fait souvent toute mon oraison. Pendant longtemps, j'ai éprouvé une douceur toute particulière dans la bouche après la sainte communion ; mais, depuis trois ans, cela est très-rare et peu sensible (1).

---

(1) Une note, trouvée dans les papiers de notre bonne mère Arsène, me semble avoir ici sa place : « Une nuit, sœur Marie reçut, en s'éveillant, des lumières si vives sur l'amour de Notre-Seigneur au saint sacrement, qu'il lui fut impossible de m'expliquer, le lendemain, ce qui s'était passé, en elle ; mais je vis qu'elle en était transportée, ravie. Un jour, en me rendant compte de ses dispositions intérieures, elle me dit : » Ma mère, depuis ma première communion, Notre-Seigneur n'a cessé de faire ce qu'il a pu pour captiver mon cœur ; cet amour est un abîme dans lequel je me perds ; aussi je sens qu'il me faudra bien l'éternité tout entière pour le remercier et l'aimer à mon aise. » Il lui arrivait souvent d'éprouver des angoisses intérieures qui la réduisaient à une espèce d'agonie ; mais, à la vue du saint ciboire, son cœur était tout-à-coup enivré d'une douce joie qui lui ôtait jusqu'au souvenir de ses peines ; l'impression de bonheur que lui causait la vue de la sainte hostie durait ordinairement jusqu'à la communion du lendemain ; on eût dit que son âme, avec son regard, plongeait dans les profondeurs du mystère. Elle en était ravie sans pouvoir s'expliquer, et elle finissait toujours ses communications par sa parole favorite : « Ma mère, ma mère, au ciel nous verrons tout cela. »

« Les plus faibles attaches volontaires aux créatures et le moindre empressement pour mon emploi me troublent et me remplissent de distractions. Une affection trop sensible pour mon confesseur m'a fait beaucoup de tort, pendant quelque temps, en gênant les opérations de la grâce.

« Rien ne paraît aller mieux à mon âme que de voir tout en Dieu, de ne songer ni au passé, ni à l'avenir, mais de faire chaque chose selon l'ordre établi par la divine Providence ; cette habitude porte avec elle le calme et la paix ; elle arrête les impatiences, suspend les recherches naturelles et tient dans la liberté d'esprit. Le plus grand obstacle que j'y rencontre est dans l'ardeur et l'empressement qui font le fonds de mon caractère. Je me livre trop aux affaires extérieures ; j'en désire vivement le succès, ce qui est tout à fait opposé à mon attrait et me cause de grands remords ; mais nulles fautes ne me troublent davantage que celles qui blessent la charité. Quand ma conscience ne me reproche rien sur ce point, je me sens fort à l'aise.

« Dieu me fait la grâce d'être peu tentée sur la foi ; mais je l'ai été beaucoup sur l'angélique vertu jusqu'à l'année dernière ; le sacrement de l'extrême-onction semble m'avoir complètement délivrée de ces sortes de tentations.

« Je n'ai jamais songé à vous parler de l'offrande que j'ai faite mille fois à Dieu de souffrir, dans mon corps et dans mon âme, tout ce qu'il lui plairait, afin d'obtenir la grâce d'une bonne mort à deux personnes qui m'étaient très-chères ; j'ai été exaucée au-delà de toutes mes espérances. Je fais souvent la même chose pour d'autres âmes à qui Dieu m'a étroitement unie, m'offrant même à faire leur purgatoire. J'ai aussi la pratique de renouveler les vœux de pauvreté, de chasteté et d'obéissance avant la sainte communion, et de demander la grâce de les mieux accomplir. »

Cette lettre avait été remise par notre sœur Marie à notre V. Mère Rivier qui, après en avoir pris connaissance, et avant

de l'envoyer à son adresse, y écrivit elle-même ces mots :
« Je désirerais bien conserver cette lettre qui est si belle ;
oh ! que je suis loin de là ! le calvaire est ma demeure ,
fiat. » Elle lui fut effectivement renvoyée, et ayant été
retrouvée dans ses papiers après sa mort, elle est passée
entre les mains de notre vénérée mère Arsène. C'est donc
sur l'original que je l'ai transcrite ainsi que la réponse
suivante :

« Vous avez bien fait, ma chère fille, de me faire part de
ce qu'il plaît à Dieu de faire en vous et par vous, et de
communiquer cette lettre à votre Supérieure ; il n'est rien sur
quoi l'on doive se défier davantage que les états dans lesquels
vous vous êtes trouvée ; rien conséquemment sur quoi l'on
ait plus besoin de conseils.

« Mon premier avis, ma chère fille, est que vous ne cessiez
de vous enfoncer dans votre néant et que vous ne vous
serviez des lumières que Dieu vous donne que pour vous
mépriser davantage. Les dons de Dieu ne sont pas en nous
un mérite ; c'est un dépôt qu'il nous confie et dont nous lui
répondrons : si nous n'y correspondons pas par un plus
grand amour de Dieu et plus d'attention à vivre dans
l'humilité, nous n'en devenons que plus coupables. Aimez
donc à vous tenir à votre place, et où est votre place,
ma fille ? Oh ! que la vue de Dieu vous la montre clairement !
mais le plus petit retour d'amour-propre cherche à vous en
faire sortir. Je ne vois rien que vous m'ayez dit de trop ; on
doit toujours agir en toute simplicité avec ceux qui nous
tiennent la place de Dieu. Nourrissez-vous bien de cette vue
du néant des créatures ; nous vivons vraiment en insensés
lorsque nous mettons tant d'importance à un peu de fumée
qui s'évanouira infailliblement à l'heure de la mort. Qui voit
tout dans le grand Tout, gémit de se voir obligé de se
courber vers si peu de chose : cependant, toutes petites
qu'elles sont, les créatures appartiennent à Dieu ; on ne peut

donc les mépriser qu'en elles-mêmes, mais il ne faut s'en occuper que parce qu'elles font partie de l'œuvre de Dieu ; de cette manière, le cœur reste libre. Vous faites très-bien de ne songer ordinairement qu'au moment présent sans attention au passé et à l'avenir : ceci est pour les choses que vous faites par simple obéissance, sous la conduite des personnes qui sont chargées de diriger le détail de vos occupations; car lorsque vous avez un emploi, la volonté de Dieu est que vous sachiez prévoir ce que vous avez à faire et à commander aux autres, et que vous vous rendiez présent ce qui a été fait, pour le joindre au reste. Tout cela cependant se peut faire en union à Dieu qui est *celui qui est*, et devant qui tout est présent sans passé et sans avenir ; l'union à Dieu n'empêche pas que l'on mette un grand intérêt à tout ce que l'on fait, que l'on soit attentif aux besoins d'autrui et à tout ce qui peut lui être agréable ou utile, que l'on soit honnête, prévenant, zélé, attentif à tout ; au contraire, l'on fait d'autant mieux ces choses que l'on se cherche moins soi-même, et que l'on n'a en vue que le bon plaisir de Dieu qui met à côté de son amour celui que nous devons au prochain.

« Votre attrait à ne fixer votre esprit et votre cœur qu'en Jésus-Christ dans la divine eucharistie n'a rien que d'excellent et de très-conforme aux règles de la foi. Continuez à suivre là-dessus l'impression de la grâce. Je vous invite à lire attentivement le discours de la cène qui comprend les chap. XIV, XV, XVI de l'évangile de Saint Jean, ainsi que le chap. VI, depuis le verset 21 jusqu'à la fin. Mais plus Dieu vous unit ainsi à son divin Fils, et plus vous devez vous attendre à avoir part à ses souffrances intérieures et extérieures ; ce Dieu sauveur fait part à ses amis de ce qu'il a recherché davantage. Marchez donc généreusement à sa suite, chargée des croix qu'il lui plaira de vous envoyer; mais recevez-les toujours en esprit de pénitence et pour satisfaire à ce que méritent vos péchés; c'est ainsi que Jésus-Christ, se mettant à la place des pécheurs, ne se considérait que comme une victime qui devait être immolée à la justice de son Père.

« Sans doute, point d'empressement extérieur ; rien ne nuit plus aux divines communications ; c'est la nature qui s'empresse, la grâce conduit tout bellement et avec suavité ; sous sa direction, on n'agit presque pas soi-même, on se laisse diriger par ses douces impulsions qui font néanmoins plus faire de chemin que quand la nature se met de la partie. La nature crie dans cet état d'impuissance, mais il faut la laisser dire.

« Je souscris à l'offrande que vous avez faite de vous-même comme une victime, mais il n'y faut pas revenir trop légèrement : ici, on a besoin de conseils. Le renouvellement journalier de vos vœux est très-bon. Je vous invite à prier avec ardeur pour les besoins de la religion en France et dans toute l'Europe. N'oubliez pas non plus mes nécessités spirituelles.

« Adieu, ma chère fille, je suis tout à vous dans le cœur adorable de Jésus-Christ. »

VI.

Dès sa première enfance, le cœur de notre chère sœur Marie s'était incliné comme naturellement vers l'amour de la très-sainte Vierge, et toute sa vie elle eut à remercier Dieu d'avoir appris son nom sacré dans les bras et sur les genoux de sa pieuse mère. Cet amour s'accrut encore lorsqu'elle se voua à son service dans notre congrégation qui lui est spécialement consacrée. Elle célébrait ses fêtes avec une grande ferveur, et chaque jour elle lui donnait des preuves de son dévouement et de son filial amour. Sa confiance en la divine Marie était simple et ingénue

« Ma très-bonne Mère, lui disait-elle, c'est vous, je n'en puis douter, qui m'avez amenée dans votre maison, malgré mes résistances; maintenant, il ne conviendrait pas à votre bonté maternelle de m'y délaisser; oh! de grâce, je me confie en vous, ne m'abandonnez pas. »

Dans un moment de détresse intérieure, elle adressa à Marie, en forme de lettre, cette touchante prière : « Très-sainte Mère de Dieu, mon avocate et ma patronne, daignez jeter sur moi un regard de miséricorde, inspirez-moi ce que je dois faire pour être agréable à votre divin Fils; je vous supplie de me présenter à lui avec tout ce qui m'appartient; oui, je lui abandonne tout et sans aucune réserve. J'accepte, de tout mon cœur, les croix qu'il plaira à mon divin Époux de m'envoyer; je lui demande, par votre intercession, la victoire sur les tentations qui m'affligent et la grâce d'habiter constamment avec vous sur le calvaire au milieu des souffrances, des humiliations et de la pauvreté; c'est mon unique désir. Aux pieds de la croix de Jésus, tout près de vous, ô ma Mère, je trouverai la force et la persévérance. Souvenez-vous que, dès le berceau, vous m'avez adoptée pour votre enfant, puisque je suis née à l'ombre de votre sanctuaire privilégié; je vous servirai constamment et vous ferai connaître et aimer, autant qu'il me sera possible. Je prie mon divin Sauveur d'augmenter mon amour et ma confiance, et de m'accorder la grâce d'imiter vos vertus. Donnez à tous ceux qui me sont chers un asile dans votre cœur sacré; soyez-nous propice à tous les instants de notre vie et surtout à celui de notre mort. Je me voue comme victime, pour toute ma vie, pour notre chère Congrégation. »

Lorsque sœur Marie contractait cet engagement héroïque, elle était au plus fort de ses répugnances au sujet de sa vocation; ce qui l'avait obligée de recourir au guide de son âme — M. Vernet lui répondit : « Je ne suis point surpris, ma chère fille, de tout ce qui s'est passé en vous et qui dure encore ; ne doutez point que ce ne soit une grâce toute particulière de Dieu qui veut vous faire mourir à vous-même. La nature, qui n'est pas encore crucifiée en vous (bien loin de là), a d'abord un peu crié ; vous devez bien vous attendre à ce qu'elle ne mourra pas subitement ; mais Dieu, qui est souverainement miséricordieux et qui vous aime, est venu à votre secours en vous mettant sur la croix. Oh ! ma chère fille, quel excellent carême que celui où le bon Dieu vous fait entrer ! embrassez-le donc généreusement et avec une soumission sans bornes; pas d'autre consolation, d'autre nourriture que la sainte et toujours adorable volonté de Dieu. Oui, toujours avec Jésus-Christ triste, abattu et délaissé; quel paradis sur la terre pour qui a la foi ! Heureuse, serez-vous, si Dieu vous donne la force de vous y maintenir sans découragement. Ne perdez pas un instant de vue que ce sont vos péchés que Dieu veut consumer en vous; que c'est pour vous guérir de tant de défauts qu'il vous tient dans l'humiliation; qu'un sentiment d'acceptation, d'union généreuse à sa sainte volonté vous accompagne donc partout et soit tout votre appui. Ne laissez pas vos communions, mais qu'elles vous rendent toujours plus humble et plus soumise. Plus de volonté que celle de Dieu et des personnes qui vous tiennent sa place.

« Priez pour moi, je ne vous oublie pas; je serai toujours dévoué au salut de votre âme. »

Notre chère sœur Marie avait employé tous les moyens que donnent les maîtres de la vie spirituelle pour le temps de la lutte et de l'épreuve : ouverture franche et entière aux guides de son âme, soumission aveugle et généreuse aux conseils qu'elle recevait, et surtout prière humble et persévérante. Que de fois encore, elle s'était vaincue et avait brisé en elle la colère et l'indépendance ! que de fois, pour terrasser l'orgueil, elle s'était rassasiée d'humiliations, et même, pour enchaîner la nature par l'entière désappropriation d'elle-même, elle avait fait, par un acte formel, l'abandon à Dieu de tous ses intérêts pour le temps et pour l'éternité ! Et cependant, cette terrible nature, loin d'être affaiblie par tant de coups, se redressait plus impérieuse que jamais. En 1818, notre vertueuse sœur Marie écrivait sous l'impression de cette lutte douloureuse :

« Mon Dieu, qui connaissez seul toute l'étendue de ma misère, vous voyez combien je souffre : autrefois, vous m'aviez donné le désir de souffrir pour vous, et aujourd'hui, j'y éprouve la plus forte répugnance ; ma vie me paraît trop longue, elle m'est ennuyeuse, insupportable, et chaque jour me semble un nouveau supplice ; les peines du corps et plus encore celles de l'esprit m'effraient et m'abattent ; l'assiduité au devoir, les conversations des créatures, comme leur compagnie, me sont singulièrement à charge ; tout m'afflige à l'intérieur, tout me contrarie et m'affecte à l'extérieur ; il me semble même que c'est une folie de penser que je puis être sauvée ; les sacrements augmentent mon tourment ; aussi éprouvé-je une espèce de soulagement lorsque quelque raison légitime m'en tient éloignée. Il me semble pourtant que, quand bien même j'aurais l'assurance morale d'être réprouvée, je ne consentirais pas à commettre une imperfection volontaire ; peut-être ce sentiment est-il encore un effet de l'amour-propre ? Vous le voyez, ô mon Dieu, je ne trouve en moi et hors de moi que doute, incertitude, contradiction et amertume : mais c'est à vous seul que s'adresse ma plainte amère ; ne me reprochez pas les expressions par lesquelles s'exhale ma douleur ; vous en êtes le seul témoin et l'unique confident ; je suis exilée, prisonnière, je languis, je meurs du désir de vous voir et je crains de vous perdre. Si c'est pour expier mes crimes que vous me laissez encore ici-bas, ô mon Dieu, de grâce, changez ma punition ; il est un lieu où l'on expie amoureusement et où l'on ne craint pas de vous offenser ; Jésus, placez-moi dans ce séjour, je le désire de tout mon cœur ; là, je vous bénirai, étant assurée d'être aimée de vous ; quelles que soient les souffrances du purgatoire, elles doivent être bien adoucies par cette certitude. O vous, mon Créateur, qui avez uni mon âme à ce corps de péché, séparez-les, je vous en supplie, séparez-les dans un de ces instants où votre amour règne seul en moi : au sortir de votre table sacrée ou dans le silence de la nuit. Combien de fois ne vous ai-je pas adressé cette prière? ah! trop souvent, sans doute. Pourquoi tous ces désirs? pourquoi ma volonté n'est-elle pas confondue avec la vôtre? Jésus, Jésus, quand régnerez vous donc seul en moi? Malgré tous mes soupirs, toutes mes plaintes, toutes mes demandes, je ne veux que l'accomplissement de votre sainte volonté. O mon aimable Époux, vous avez passé votre vie dans les souffrances, les privations, les délaissements intérieurs : je ne veux pas d'autre partage; oui, toujours souffrir, toujours être tentée, toujours être délaissée avec vous sur le calvaire; malgré les révoltes de la nature, toujours suivre en silence la direction qui me sera donnée, m'efforçant d'oublier le passé, de ne point prévoir l'avenir et de m'appliquer, dans le moment présent, à ce que votre esprit m'inspirera, le suivant pas à pas, sans recherche ni retour, simplement, fidèlement et constamment. Je travaillerai donc désormais à me vider de toute image étrangère, pour laisser agir librement Dieu en moi. Jésus-Christ, mon adorable époux, je me livre à vous, je m'abandonne à votre cœur, sans réserve ni partage; donnez-moi les vertus de mon état, récompensez la charité de ceux qui me dirigent en leur accordant le don de votre pur amour, donnez-moi une docilité parfaite à leur direction ; sauvez mes parents, animez mes sœurs de votre esprit, effacez la mauvaise impression qu'a dû leur faire ma tiédeur. O Marie, ma tendre mère, ne m'abandonnez jamais, agissez

en moi et pour moi qui ne suis capable que de tout gâter.
Mon saint ange gardien, rappelez-moi sans cesse Jésus
présent, conduisez-moi à la sainte table et aidez-moi à faire
mon action de grâce. »

Convaincue que l'obéissance rend doublement méritoires
les actions bonnes en elles-mêmes, sœur Marie, après une
retraite, soumettait avec une simplicité d'enfant, à notre V.
Mère, toutes ses pratiques de piété : vous les faire connaître,
c'est ajouter un nouveau trait à la peinture qu'elle vous a
déjà faite de son âme. « Durant mes longues et habituelles
insomnies, je m'efforce de me tenir unie à Dieu et d'éloigner
toutes les pensées qui ne tendent pas directement à lui. Dès
mon réveil, je me sens pressée de son amour, et de mon
cœur s'échappent naturellement de tendres affections. Les
souvenirs amers de ma vie passée me faisaient craindre qu'il
n'y eût en cela de l'illusion, mais mon confesseur m'a dit de
me livrer sans résistance aux mouvements de la grâce. Je
préfère aux douceurs du sommeil la liberté et le silence de
la nuit. Dans les temps de trouble et de tentation, je cherche
Dieu, mais plutôt en gémissant qu'en aimant ; j'aime alors à
me considérer comme un temple où Dieu habite, et mon
cœur comme un autel sur lequel je dois sacrifier tout ce qui
n'est pas lui : pensées inutiles, désirs ou craintes. Quelques
instants avant l'heure du lever, je récite les prières des
confréries dont je fais partie ; ainsi fais-je encore en
m'habillant. Dès qu'une pensée me touche dans le sujet de
la méditation, je m'y arrête ; mais trop souvent, il m'arrive
de suivre ma curiosité contre l'inspiration de la grâce. En
faisant la lecture spirituelle, je ne veux que lire, et pendant
l'oraison, je veux toujours parler. Avant de me mettre au
travail, je tâche de me recueillir ; cet exercice m'est nécessaire
pour vaincre les obstacles que me suscite mon activité
naturelle. Depuis longues années, je porte un crucifix sur la
poitrine, et, au moment de la tentation, je le presse sur mon

cœur. La dévotion du crucifix est délicieuse pour mon âme ; au milieu de mes occupations, je le regarde avec consolation, et lorsqu'on ne peut m'apercevoir, j'aime à me prosterner pour baiser amoureusement les plaies sacrées du Sauveur ; celle du cœur m'attache particulièrement ; je trouve mille biens dans cet exercice ; il me rassure après mes fautes, me console dans mes peines, m'éclaire dans mes doutes ; j'éprouve alors des transports d'amour envers Notre-Seigneur, et je me sens plus fortement pressée de m'abandonner à lui sans réserve. De toutes les circonstances de la passion, celle dont mon âme est le plus touchée, c'est l'agonie de Notre-Seigneur sur la croix ; placée à ses pieds, à côté de Madeleine, je voudrais y rester toujours ; là, toutes les souffrances me semblent douces, et le monde ne m'inspire que du dégoût et du mépris. »

Il en est sans doute bien peu parmi vous, mes chères filles, qui n'ont pas lu avec quelque étonnement les pages qui précèdent, ne soupçonnant même pas que Dieu ait fait marcher notre chère sœur Marie par des voies si crucifiantes, car rien ne le révélait dans sa manière ordinaire d'agir. A la voir toujours alerte, toujours joyeuse, toujours libre, marchant d'un pas égal et ferme dans les sentiers de la vie religieuse, on eût pu croire qu'elle était étrangère à ces tempêtes qui parfois, bouleversent les âmes jusque dans leurs dernières profondeurs. C'est qu'à l'inverse de certaines âmes, qui retenues par amour propre, dissimulent leurs peines à ceux qui auraient grâce pour les connaître, et de celles qui, par faiblesse, en parlent sans cesse et même aux personnes qui devraient les ignorer, sœur Marie, avec la naïveté d'une enfant, se découvrait tout entière à ses supérieurs, mais elle ne laissait voir aux autres dans sa conduite que cette constance calme d'une âme guidée par la raison et éclairée par une foi vive et ardente. C'est ainsi que la jugeait un vénérable chanoine de Viviers, ami dévoué et cher à notre Congrégation, M. de Contagnet, qui m'écrivait :

« Je me bornerai à signaler dans la digne sœur Marie sa vertu caractéristique qui a été, pour ainsi dire, le soutien de toutes les autres en y mettant le comble et en les couronnant : je veux parler de sa fermeté, de sa constance dans le bien, dans l'observance des règles et des pratiques de la Congrégation, à laquelle furent entièrement vouées et consacrées les soixante dernières années de son existence. Cette vertu donna à tous les actes de sa vie incessamment occupée ce caractère viril qui produisit, dans les premiers siècles de l'Église et à la fin du dernier, tant de vertus héroiques dignes d'admiration dans le sexe le plus faible, et le rendit supérieur aux épreuves du martyre et aux plus cruels supplices.

« Sœur Marie mérite de figurer parmi ces femmes fortes dont l'Esprit-Saint lui-même fait un si bel éloge dans les divines Écritures. Aussi pouvons-nous lui appliquer ce qui a été dit de plusieurs saints personnages : « Ce n'est pas elle qui a manqué au martyre, mais c'est bien plutôt le martyre qui lui a manqué. » Elle y a généreusement suppléé par les travaux continuels d'une vie consacrée tout entière non seulement à sa sanctification, mais encore à celle des autres. A cet égard, elle aura à jamais la gloire d'avoir été, pendant une longue période d'années, le bras droit des deux premières supérieures générales de la Congrégation, dont elle fut un des plus fermes appuis, qu'aucun obstacle ne put jamais ébranler ni aucune opposition faire fléchir, parce que sa confiance en Dieu fut toujours inébranlable, et son âme supérieure à tous les évènements propres à décourager les âmes faibles et pusillanimes.

« Aussi énergique dans son langage que dans tous ses actes empreints de cet esprit de constance, jusque dans l'âge le plus avancé, et lorsque ses facultés intellectuelles, déjà notablement affaiblies, auraient dû, ce semble, sinón le détruire du moins l'amortir, ses expressions, parfois originales et entremêlées d'une gaieté douce et aimable, se ressentaient encore de leur première ardeur quand il s'agissait de la gloire de Dieu et du salut des âmes. »

Vers la fin de 1816, votre vénérée sœur Marie apprit une bien triste nouvelle : la mort de son vertueux père. Sa douleur fut vive et profonde, tempérée pourtant par les détails consolants qu'elle apprit touchant les saintes dispositions de M. Millot qui était mort, comme il avait vécu, en bon et fervent chrétien, ayant annoncé très-positivement qu'il mourrait le jour de Noël, comme son épouse ; ce qui arriva en effet.

Dans cette circonstance, sœur Marie sentit se rouvrir cette plaie du cœur dont nous avons parlé : N'avait-elle pas abrégé les jours de son bon père, comme on lui reprochait d'avoir fait à l'égard de sa mère ? N'aurait-elle pas dû rester auprès de lui pour soigner sa vieillesse et lui fermer les yeux ? Mais bientôt, sa foi vive et profonde lui fait surmonter ces sentiments naturels, et encore sous la première impression de la douleur, elle écrivait : « Toute ma consolation, selon la pensée de saint Louis de Gonzague, est dans l'assurance que Dieu est trop bon pour permettre que les sacrifices, que nous faisons pour son amour et dans l'ordre de sa volonté, soient nuisibles à ceux qui nous sont chers. »

En 1817, une maladie grave la conduisit aux portes du tombeau. Après avoir reçu avec une grande ferveur les secours de l'Église, elle fit non seulement avec résignation, mais avec une sainte joie, le sacrifice de sa vie. De tous ceux que Dieu avait demandés d'elle, c'était celui qui lui coûtait le moins, car déjà, elle brûlait de cet ardent désir du ciel qui lui a fait, toute sa vie, considérer la mort comme le bien le plus désirable ; et alors, comme cinquante ans plus tard, elle s'écriait : « Oh ! qu'il me tarde d'aller voir le bon Dieu ! » Mais à son insu une de ces âmes angéliques qui ont tout

5

pouvoir sur le cœur de Dieu, sœur Gertrude, la vouait à saint Régis, patron de notre Congrégation. Cette prière si ardente et si pure fut exaucée. Mais notre chère sœur Marie, qui croyait jouir bientôt du repos éternel eut besoin de toute son énergie pour se résigner à vivre encore : « La volonté de Dieu soit toujours faite ! » s'écria-t-elle, lorsqu'elle se sentit guérie.

VII.

Quelques mois à peine s'étaient écoulés depuis que la communauté avait été transférée de Thueyts à Bourg-Saint-Andéol, lorsque, le 18 mai 1820, sœur Chantal, première assistante de notre V. Fondatrice, expirait après de longues et cruelles douleurs, victime de sa charité à l'égard d'une pauvre malade qu'elle voulut assister dans ses derniers moments, afin de la ramener à Dieu, et dont elle contracta la maladie. La Congrégation voyait tomber une de ses plus fermes colonnes, et notre V. Mère perdait un conseil, un appui et la fille chérie de son cœur. Douée de grands talents et d'une modestie plus grande encore, sœur Chantal rendit d'inappréciables services à notre Congrégation naissante. M. Vernet, si circonspect dans les éloges qu'il donnait à ses filles, la désignait ordinairement sous le nom d'ange. Telle était la confiance que notre V. Mère avait en ses lumières, qu'elle n'entreprenait rien sans avoir son avis, se reposait sur elle de l'administration extérieure de la Congrégation, et même, en l'absence de son directeur, la consultait sur ses peines intérieures. Sœur Chantal répondait à une si grande confiance par un dévouement tout filial et une soumission vraiment religieuse.

Il fallut songer à l'élection d'une nouvelle assistante Conformément à ce que prescrivent nos saintes constitutions, la supérieure la désigne elle-même ; mais son choix doit être ratifié par M. le Supérieur : les sœurs conseillères sont également consultées. Dans cette circonstance, il faut le dire, les délibérations ne furent que pour la forme ; d'avance sœur Marie avait été désignée à l'unanimité. Il eût été difficile, en effet, de rencontrer une plus parfaite réunion des qualités requises pour l'office d'assistante. A un esprit pénétrant, élevé, positif, sœur Marie joignait une imagination féconde, un jugement et un bon sens rares, une merveilleuse aptitude pour la conduite des affaires. Elle possédait en outre des connaissances très-variées en matière d'administration et de jurisprudence, et, sous ce rapport, elle était appelée à rendre d'éminents services à la Congrégation. Son caractère présentait un remarquable assemblage des qualités en apparence les plus opposées, mais qui s'y trouvaient en telle harmonie qu'elles semblaient se compléter l'une par l'autre : ainsi la vivacité s'alliait en elle à la patience, une ardeur irrésistible à la plus inébranlable constance, un empire souverain sur elle-même à un don d'autorité absolue sur les autres. Son attitude ferme et assurée, son regard, sa voix, son geste, tout en elle imposait : vue à distance, elle inspirait une certaine crainte révérentielle ; mais on ne pouvait l'approcher un peu de près sans se sentir bientôt subjugué par sa droiture et l'incomparable bonté de son cœur. Si sœur Marie se fût abandonnée à la pente de la nature, elle eût rencontré bien des écueils ; elle était inclinée à une sévérité excessive, elle serait devenue peut-être un peu fière et hautaine ; elle eût supporté difficilement les résistances et la contradiction ; fort heureusement, la piété et l'amour de Dieu prenant le dessus dans cette âme généreuse, corrigèrent les défauts dont je parle, et dans ce riche fonds se développèrent rapidement toutes les qualités et les vertus contraires : une naïve simplicité, une humilité et une mansuétude d'autant plus méritoires qu'elles lui étaient moins naturelles.

Sœur Marie avait rempli par *intérim* les fonctions d'assistante en l'absence de sœur Chantal, envoyée à Privas en 1815, pour y fonder un établissement; cependant, lorsque notre V. Mère la présenta à la communauté, l'humble sœur fut si troublée qu'elle tomba à moitié évanouie sur son siége. Dès qu'elle eut repris ses sens, elle se jeta à genoux, et, s'accusant publiquement de tout ce qui pouvait l'humilier davantage, elle supplia la V. Mère de ne pas lui imposer une charge qu'elle se disait incapable de remplir. « Eh bien, ma bonne sœur Marie, reprit d'une voix émue notre chère Fondatrice, je porterai seule mon lourd fardeau, puisque vous refusez de m'aider; il est bien possible que je succombe à la peine, mais du moins, j'aurai la consolation d'avoir ménagé, votre santé. » A ce langage d'une mère vénérée et chérie, la bonne sœur ne sut répondre que par sa soumission filiale et religieuse. Néanmoins, quelques jours après, elle consulta M. Vernet, afin de savoir si elle pourrait, sans manquer à l'obéissance, se récuser; n'en obtenant pas une réponse favorable à son humilité, elle voulut encore avoir l'avis d'un autre ecclésiastique très-recommandable, qui décida aussi qu'il n'y avait qu'à courber la tête sous la loi de l'obéissance.

En entrant dans sa nouvelle charge, sœur Marie n'eut pas beaucoup à changer à ses habitudes extérieures ; mais elle s'appliqua à donner à sa vie intérieure une direction plus humble, plus soumise, plus généreuse surtout, ne retirant de son office que l'obligation d'une plus absolue dépendance vis-à-vis de ses supérieurs, et la charge de se dévouer entièrement au service de ses sœurs.

Le respect de sœur Marie pour notre V. Mère était sans bornes, parce que l'esprit de foi en était le principe et la règle. La première fois qu'elle la vit, la jugeant sur les apparences, elle riait de sa petite taille et de ce qu'elle appelait ses prétentions au titre de fondatrice ; mais lorsqu'elle l'eut vue de près, subissant, comme bien d'autres, l'influence de l'Esprit-Saint qui animait cette grande servante de Dieu, elle lui voua une vénération et une confiance qui tenaient déjà du culte, si je puis m'exprimer de la sorte. Une fois entrée dans la Congrégation, elle lui abandonna son âme tout entière, et notre Vénérable Mère s'en empara si bien, qu'elle la façonna à son gré, jusqu'à lui faire estimer infiniment précieuses — malgré ses préventions et ses répugnances naturelles — la vie de pauvreté et d'abnégation de nos premières sœurs ; et lui inculqua si profondément son esprit que, selon l'expression de Mgr Dabert, sœur Marie fut une *continuation* de notre V. Fondatrice. Je ne sais qu'admirer davantage ou de la sagesse de l'une ou de l'humble générosité de l'autre. Heureuse fille d'avoir été formée par une telle mère, mais heureuse mère d'avoir pu se continuer dans une telle fille !

Les détails de la vie intime nous fourniraient mille traits de la déférence et de la soumission religieuse de sœur Marie; mais je préfère ceux que m'offre sa correspondance avec notre V. Mère: elle s'y peint au naturel. En la lisant, j'ai été touchée, quelquefois jusqu'aux larmes, de voir cette vénérable sœur qui, loin de se prévaloir des avantages de sa charge pour agir avec une certaine indépendance, se reproche même d'avoir exprimé un désir, manifesté une répugnance, avoue ses fautes avec la simplicité d'une novice. « Si vous avez lu ma dernière avec vos lunettes, ma chère mère, vous avez pu voir, à travers mes réflexions sur le voyage de N..., un très-grand attachement à mon sens propre : je vous en demande pardon du fond de mon cœur; mais n'y ayez aucun égard, je vous en prie, et réglez tout selon vos vues ; Dieu vous donne la lumière et ne m'accorde que la grâce de vouloir faire en tout et toujours sa volonté, manifestée par la vôtre. » Et un peu plus bas: « Je ne vaux guère, ma chère mère, mais je veux bien obéir : partir, rester, aller plus loin, tout est un. » En 1818, elle écrivait de Pont St-Esprit : « J'ai cru devoir faire l'instruction le dimanche, pour encourager nos jeunes sœurs qu'intimident les onze cents personnes qui se pressent dans notre salle d'étude ; mais, croiriez-vous, ma chère mère, que je n'ai pas été tout-à-fait insensible aux compliments que m'ont faits ces braves femmes, demandant que la sœur qui *chante si bien*, continue de leur parler ? J'ai donc pensé que, pour mettre fin à ces misères, je devais me tenir à l'écart, si vous voulez bien me le permettre. » Sœur Marie avait alors trente huit ans. — Vient ensuite une liste de permissions qu'un esprit mondain trouverait trop minutieuses, ignorant quel prix une âme sincèrement religieuse attache à l'obéissance. Je n'en cite qu'une seule, celle qui me paraît la plus sérieuse : « Camaret n'est pas sur mon itinéraire, mais notre sœur N.*** témoigne le désir de me voir : un jour suffira pour cette visite ; jugez-vous à propos que je me rende à son invitation ? »

Après cela, vous ne serez pas surprises, mes chères filles, d'entendre notre V. Mère proposer sœur Marie comme un modèle d'obéissance, assurant qu'elle ne pouvait connaître ce qui lui causait du plaisir ou de la peine : « Lorsque je charge sœur Marie de quelque obédience, disait-elle, je suis obligée de faire attention dans quels termes je m'exprime, car elle prend à la lettre l'expression d'un simple désir ; ainsi est-elle en voyage, je me contente de lui dire : revenez dès que vous le pourrez ; car si je lui désignais le jour, elle partirait sans faire attention ni au temps, ni à l'état de sa santé. »

Rendant compte d'une mission délicate dont elle avait été chargée, sœur Marie disait : « La bénédiction de Dieu rend non-seulement tout possible, mais tout aisé quand on vous obéit, bonne mère. » Dans une autre lettre : « Ne croyez pas que, lorsque je désire la consolation de vous revoir, ce soit l'envie de quitter le coin où vous m'avez mise ; oh certainement non, j'y resterais jusqu'à la mort sans remuer, si tel était votre bon plaisir. Par la grâce de Dieu, je ne veux absolument rien qu'obéir ; je suis très-contente et ne m'ennuie point ; d'ailleurs, je n'en ai pas le temps ; le bon Dieu est aussi trop bon et me console, malgré toutes les fautes qui m'échappent souvent et dont je me repens bien sincèrement.» Et encore : « Je comptais partir hier, mais notre chère sœur Joséphine étant fatiguée, je la remplace à la classe: me voilà donc installée avec mes lunettes, faisant dire *a*, *b*, *c*, *d*, etc., et ensuite réciter le catéchisme. Si vous m'ordonniez de rester dans cette occupation jusqu'à mon dernier soupir, j'y resterais volontiers. Quelle consolation d'apprendre à connaître et à aimer Dieu à ces chères petites enfants ! »

Voici comment la bonne sœur Marie savait réparer un oubli : « Que j'éprouve de regret, ma chère mère, d'avoir omis les souhaits de bonne année dans ma dernière lettre ! mais vous savez combien il y a peu d'ordre et de méthode dans ma pauvre tête pour ces sortes de convenances. Je dois donc vous avouer franchement que je l'ai oublié. Mes vœux pour votre parfait bonheur sont toujours tels que vous les connaissez ; oui toujours, je vous vénère et vous chéris autant qu'il m'est possible ; si l'expression manque, c'est, je crois, défaut physique ; veuillez donc me le pardonner, tendre mère, et croire qu'aucune de vos filles ne pourrait le disputer en respect et en amour avec votre pauvre Marie, qui ressemble assez à un vieux chêne raboteux. Vous savez qu'au dedans, elle a toute la force du sentiment, mais souvent elle pèche par les formes. Et puis, il faut bien vous l'avouer, depuis quelques jours, mon âme est accablée de tristesse ; il me semble que mes infidélités ont élevé un mur de séparation entre Dieu et moi ; lorsque je veux m'appuyer sur la foi, les doutes m'assaillent, et je n'ai d'autre consolation que de suivre à tâtons vos saints avis. » Ensuite, dans un élan d'amour filial, reportant sa pensée sur les sollicitudes de sa mère bien-aimée, elle ajoutait : « Mais qu'est tout cela en

comparaison de vos peines, de vos chagrins, de vos sollicitudes, bonne mère ? Oh ! combien je désire que Dieu
soutienne vos forces et augmente votre amour pour les croix,
et que l'onction de sa grâce en adoucisse l'amertume ; mais
surtout, qu'il vous donne de longs jours et une santé robuste !
Je vous en prie, chère Mère, ménagez vos forces, n'enfoncez
pas tant de soucis dans votre tête et de chagrins dans
votre cœur. Oh ! que votre santé nous est précieuse et
chère ! »

Ces recommandations filiales reviennent sans cessse dans la
correspondance de la bonne sœur Marie ; elle les formule
de mille manières ; on sent que son cœur déborde de
tendresse pour sa vénérée supérieure. Apprend-elle qu'elle
est fatiguée, aussitôt sa sollicitude s'alarme : « Notre voyage
s'est fait heureusement, mère chérie ; mais l'inquiétude que
me cause votre santé ne me quitte pas un seul instant :
Notre chère mère va-t-elle mieux ? Comment aura-t-elle
passé la nuit ? A-t-on rempli exactement les prescriptions
du docteur ? Enfin, partout et toujours, vous êtes là, pesant
sur mon cœur. Toutes les personnes avec lesquelles je suis
en rapport me demandent de vos nouvelles avec le plus vif
intérêt ; toutes nos sœurs prient avec ferveur pour votre
rétablissement. Oh ! si au jour de la Transfiguration, notre
bon Sauveur changeait vos souffrances en une santé florissante, quelle heureuse merveille ! et s'il nous rendait ensuite
aussi saintes que vous le souhaitez , pour votre assistante,
jamais plus belle fête. »

Vers la fin de sa vie, notre V. Fondatrice, quoique accablée
d'infirmités, ne consultant que son zèle et son amour pour
ses filles, ne pouvait se résoudre à suspendre la visite des
établissements ; les sœurs, à leur tour, exprimaient sans
cesse le désir bien légitime de posséder quelques jours
cette digne mère. Sœur Marie, témoin des fatigues que lui
occasionnaient les voyages, après avoir reçu l'autorisation

de **M.** le Supérieur et du conseil, adressa à ce sujet une lettre circulaire à toutes les sœurs, pour les engager à ne pas insister pour que notre Mère allât les voir.

Elle profitait de cette circonstance pour les engager à se renouveler dans l'esprit de leur vocation et l'observance des règles, leur laissant comprendre que le défaut de ferveur et de régularité affectait vivement le cœur de notre V. Mère, jusqu'à altérer sa santé. Si sœur Marie tenait ce langage, c'est qu'elle était journellement témoin de la sévérité avec laquelle notre V. Fondatrice, saintement jalouse de la perfection de ses filles, réprimait les abus, corrigeait et punissait les moindres infractions à la règle. Mais à cette époque, que l'on peut appeler le plus beau temps de la Congrégation, notre V. Mère avait la consolation de voir ses filles avides d'exécuter généreusement cette parole du divin Maître. « Renoncez-vous vous-même ; prenez votre croix et suivez-moi » ; aussi les voyait-elle progresser chaque jour dans l'amour de Dieu, dans le zèle du salut des âmes et dans l'amour de leur propre abjection. Et parmi les plus ferventes, sœur Marie se tint constamment au premier rang ; sa supérieure pouvait la prendre, la laisser, la faire monter, descendre, enfin, la pressurer de mille manières sans lui arracher un refus, pas même une plainte. Que de fois, en présence de la communauté réunie, elle la désapprouvait ou la reprenait sévèrement de ses moindres fautes!. En agissant ainsi, elle se proposait surtout l'édification des jeunes sœurs et des novices. Après ses instructions, notre V. Mère parcourait quelquefois les rangs pour adresser à ses filles un mot de bienveillance, un regard d'affection ; sœur Marie se tenait respectueusement à l'écart, attendant qu'elle eût fini, pour l'accompagner: tout-à-coup, notre V. Mère se retournait, et, affectant d'être surprise de la voir encore dans la salle, lui disait froidement : « Que faites-vous là, sœur Marie? Il n'est pas nécessaire de m'attendre. »

L'humble sœur s'inclinait avec respect et se retirait en silence. D'autres fois, elle la désignait pour l'accompagner en voyage ou au parloir; puis, lorsqu'elle la voyait prête à la suivre, elle lui disait : « Allez reprendre votre travail: sœur N.*** convient mieux pour ce que j'ai à faire. » Souvent, lorsque la communauté était réunie pour l'instruction d'usage, la V. Mère disait à son assistante : « Allez parler aux sœurs. » Sans s'excuser de n'avoir pas été prévenue, sœur Marie demandait sur quel sujet elle devait les entretenir, et elle allait s'acquitter de ce qui lui était prescrit.

Un jour, à l'heure de la récréation commune, elle avait cueilli des fruits au jardin afin d'en épargner la peine à l'économe; celle-ci ne trouvant pas les fruits assez mûrs et ignorant qui les avait cueillis, fit ses plaintes à sa Supérieure. A la prochaine réunion, notre V. Mère interpella sœur Marie et la semonça vertement. La digne assistante reçut la correction avec une humilité qui toucha jusqu'aux larmes celles qui en furent témoins.

Voici un autre trait qui n'est pas moins édifiant : Un jour, sœur Marie, par distraction, s'était mise à l'église à une stalle plus élevée que celle qu'elle occupait ordinairement. Notre V. Mère saisit cette occasion pour l'humilier, et, en expiation de cette faute, elle lui imposa de rester à la place qu'elle s'était choisie. Effectivement, elle n'en eut pas d'autre jusqu'après l'élection de notre vénérée mère Arsène. Lorsque cette dernière lui observa qu'elle devait se placer à sa droite, elle lui répondit humblement : « Comme vous voudrez, ma chère mère; seulement, permettez-moi de vous observer que celle que j'occupe est une pénitence qui me fut imposée, il y a plusieurs années, par notre V. Mère Rivier. »

Un autre jour, c'était pendant une retraite générale, sœur Marie monta dans la chaire du réfectoire, lut à haute et intelligible voix, un papier contenant ses fautes les plus humiliantes, et chaque aveu fut commenté par la V. Mère avec les expressions les plus propres à augmenter sa confusion. L'humble sœur alla ensuite reprendre sa place, d'un air satisfait et savourant en silence la joie d'avoir eu un peu de part aux humiliations de Notre-Seigneur.

Notre Congrégation, comme toutes les œuvres chrétiennes, née dans l'humilité et grandie dans la souffrance, s'est fortifiée par son infirmité même, se propageant avec une rapidité toujours proportionnée au nombre et à l'étendue de ses épreuves. Lorsque notre chère sœur Marie entra en la charge d'assistante, c'était le temps des grandes contradictions, des grands travaux et partant des grands développements, puisqu'avant la mort de notre V. Fondatrice, la Congrégation était déjà établie dans quatorze diocèses de France, et même en Suisse et en Savoie. La digne assistante eut donc à seconder notre V. Mère dans l'œuvre si laborieuse des fondations et dans la visite des établissements. L'état de pauvreté de la Congrégation rendait les voyages extrêmement pénibles; Dieu seul connaît les fatigues et les privations qu'elle eut à supporter dans ces rencontres: non, je ne crains pas de l'assurer, après notre V. Mère Rivier, aucune sœur n'a autant travaillé pour notre institut que notre digne sœur Marie. Lorsque la santé de notre V. Fondatrice ne lui permit plus de visiter elle-même ses chères filles, elle se faisait ordinairement remplacer par son assistante: « Je ne fais que courir, écrivait sœur Marie à sœur Xavier : en octobre dernier, j'étais à Alais ; en décembre, à Salon ; en janvier, à Mauves; en février, je revenais à Alais ; en avril, je visitais Ganges et Sumène, et aujourd'hui, me voilà encore à Alais. Ainsi passe la vie, en attendant l'éternité qui ne passe pas. Plaise au ciel que, malgré cette multiplicité d'affaires et de soins, la seule et unique affaire se fasse uniquement! La grâce ne manque pas pour cela, mais bien la fidèle correspondance ; toute ma consolation est dans l'accomplissement de la volonté de Dieu, car quel que soit le point sur lequel vogue cette barque divine, on voyage paisiblement et sans souci. Oh ! que l'obéissance est donc avantageuse à l'âme, et qu'il y a de bonheur à remettre sa volonté entre les mains de Dieu ! » Ce que sœur Marie écrivait alors, elle aurait pu le répéter presque chaque année, car il est peu de nos maisons, fondées à cette époque, qu'elle n'ait visitées plusieurs fois.

Durant ses voyages, notre vénérée sœur Marie a souvent été exposée à de grandes fatigues et à de grands dangers. Obligée le plus souvent de traverser des pays de montagne, sur une méchante monture, et n'ayant qu'une femme pour guide, jamais un mot de plainte ne tomba de ses lèvres. Plusieurs fois, elle s'égara dans les chemins perdus et fut exposée à être noyée par la maladresse de ses conductrices ; une fois même, elle se démit l'épaule gauche en tombant de cheval et n'en parla pas même à ses compagnes ;· on ne s'en aperçut que plusieurs jours après, parce que la violence de la douleur la fit évanouir. Elle n'a pu échapper à tant de périls que par une protection visible de la divine Providence ; ce que les annales de notre Congrégation confirment par un grand nombre de traits que vous lirez dans la nouvelle vie de notre V. Mère. Ici, nous nous bornerons à quelques uns :

Sœur Marie voyageait avec plusieurs sœurs ; elles furent surprises par la nuit au plus fort de l'hiver, à travers les montagnes par des chemins affreux et inconnus. Au moment où tout semblait désespéré, elles voient venir à elles trois jeunes hommes vigoureux qui les saluent en leur disant : « Vous voilà donc bien embarrassées, mes sœurs, mais nous allons vous aider ; aussitôt, deux soulèvent les bagages, tandis que le troisième relève le cheval qui s'était abattu, et tout cela se fait en un clin d'œil. Nos voyageuses, émues et saisies de reconnaissance, s'approchèrent pour remercier leurs bienfaiteurs ; ceux-ci ne leur en donnèrent pas le temps, car ils disparurent comme des anges qui auraient été envoyés pour les secourir.

En 1835, notre vénérée sœur Marie accompagnait à Moulins nos sœurs qui s'y rendaient pour fonder une école. Arrivée dans cette ville, elle adressa à notre V. Mère une lettre dont j'extrais le passage suivant : « Lorsque nous sommes parties de Bourg, le domestique prétendait qu'il ne pouvait entrer que six personnes dans la voiture, et que, par conséquent une de nous devait monter sur le siége ; mais je préférai nous gêner que d'y consentir. A peine étions-nous en route que le siége s'est cassé, et le domestique s'est trouvé presque sous les roues ; il n'a eu cependant aucun mal. Combien n'aurais-je pas eu de regret si j'avais adhéré à ce qu'il désirait ! Nous avons bien compris que notre divin Sauveur et sa sainte Mère veillaient sur nous, et que c'étaient les prières de la communauté qui nous avaient préservées de ce danger. »

Soit que notre sœur Marie fût envoyée pour fonder un établissement ou pour le visiter elle s'appliquait par dessus tout à inspirer à nos sœurs l'amour de la simplicité et de la vie cachée.

En 1806, elle était allée avec deux autres sœurs fonder une école ; le jour même de leur arrivée, une personne charitable leur envoya un poulet rôti. Grand fut l'embarras de sœur Marie, car au couvent de Thueyts, un mets aussi délicat n'avait pas encore été servi, même à la table des malades ; aussi, après avoir consulté ses compagnes, elle fit porter le poulet chez une voisine pauvre et infirme.

Voici ce que m'a écrit sœur du Saint-Esprit : « Sœur Marie fut chargée par notre V. mère Rivier de nous accompagner à Moulins, et nous eûmes le bonheur de la garder six semaines avec nous. La première fois que nous nous mîmes à table, elle formula, à haute voix, le vœu suivant : « Dieu veuille qu'il ne se commette pas un seul acte de sensualité dans ce réfectoire ! » Elle tenait à ce que tout se fît conformément à la règle ; aussi est-ce, en grande partie, à ses prières et à ses bons exemples que j'attribue le bien qui s'est fait dans notre établissement. Sa ferveur et sa gaieté nous aidèrent beaucoup à supporter l'état de pauvreté dans lequel nous nous sommes trouvées et les privations qui en étaient les conséquences. Cette pauvreté était si grande que, huit jours après notre installation, il nous fallut aller emprunter chez une voisine l'argent nécessaire pour payer le port d'une caisse de livres. Dans cette circonstance, on nous surnomma les pauvres sœurs de St-Nicolas (1) ; un ambitieux n'eût pas été aussi satisfait d'un titre honorifique que sœur Marie le fut de ce beau titre de *pauvres*. J'ai su depuis qu'elle a raconté plusieurs fois ce trait avec enthousiasme à la communauté.

Dans une de nos maisons que notre vénérée sœur visitait, on présenta une jeune orpheline dont la tête était rongée par une horrible plaie : elle ne voulut céder à personne la consolation de nettoyer cette pauvre petite créature. Lorsque l'opération fut terminée, elle revint joyeuse se réunir à la communauté : « Vraiment, le cœur a dû vous bondir », se permit de lui dire en riant une toute jeune sœur. « Vous avez raison, répondit gravement sœur Marie, mon cœur a bondi de joie. »

La vie commune et ses fonctions d'assistante ne lui offraient pas moins l'occasion de renoncer à ses goûts. Ses occupations très-variées, qui absorbaient tout son temps, lui étaient envoyées, jour par jour, par la divine Providence ou assi-

---

(1) Nos sœurs de Moulins habitent la paroisse de St-Nicolas.

gnées par l'obéissance ; aucune n'était de son choix, elle les acceptait avec soumission et les accomplissait avec fidélité. L'assistante est la secrétaire générale de la congrégation et de la supérieure. En conséquence, elle est chargée de la direction du secrétariat, du soin des archives, de la tenue des registres, etc., etc. En 1819, sœur Marie était seule employée à ce travail si considérable. Vers la fin de 1818, M. Vernet lui écrivait : « Quand j'irai à Bourg, ma chère fille, je veux vous trouver parfaitement rétablie ; allons, ne vous laissez pas abattre ; il est temps d'aller reprendre *la petite planchette* sur vos genoux (1) ; la besogne ne manque pas, vous le savez, et la **Mère** ne saurait où prendre une autre secrétaire. » Plus tard, à mesure que l'administration a pris de plus grandes proportions avec le développement de la Congrégation, on lui donna des *aides-secrétaires*. Mais la partie la moins attrayante, et parfois la plus épineuse, resta dans ses attributions : celle qui concerne l'administration temporelle, l'admission des sujets, les réponses aux demandes de dispenses ou d'interprétation de divers points de règle et de discipline.

C'est à sœur Marie que nous devons, en grande partie, l'inestimable avantage d'avoir puisé, à la source la plus pure, les détails concernant les premières années de notre V. Fondatrice et le commencement de l'institut. Par un motif d'humilité, notre V. Mère s'était toujours refusée à laisser écrire ce qui la concernait personnellement ; sœur Marie, prévoyant de quelle utilité serait pour notre Congrégation le récit de tout ce qui aurait trait à son origine, à sa fondatrice et aux vertus de ses premiers membres,

---

(1) Sœur Marie se servait pour écrire d'un *in quarto* sur lequel elle plaçait une planche. Elle aimait à raconter, qu'à Thueyts, elle eut pendant plusieurs années, le couvercle d'un seau pour pupitre.

prit le parti d'écrire à M. Vernet. Elle appuya sa demande
de raisons si justes, que le digne supérieur ordonna à
notre V. Mère, en vertu de la sainte obéissance, de faire
commencer immédiatement cette rédaction, qui fut faite
par notre pieuse sœur Sophie, sœur Marie étant assez
occupée par le travail du secrétariat. Cette dernière était
présente lorsque notre V. Mère racontait l'histoire de son
enfance et de la fondation de notre institut ; elle aidait ensuite
sœur Sophie dans ses résumés que notre V. Mère relisait
après et faisait corriger sous ses yeux.

VIII.

Le 3 février 1838 mourut pleine de vertus et de mérites
notre V. mère Rivier. Quoiqu'elle n'eût vécu que soixante-
huit ans, il lui avait été donné de voir l'arbre qu'elle avait
planté grandir, étendre au loin ses rameaux et porter déjà
des fruits abondants de salut et d'édification. Cette perte
nous plongea dans une douleur profonde, immense, adoucie
néanmoins par la certitude absolue que nous avions toutes
du bonheur suprême de cette digne Mère, et par l'espérance
bien ferme déjà de la voir un jour placer sur les autels. Dans
cette douloureuse circonstance, sœur Marie fut admirable
de foi et de dévouement. Elle ne quitta pas un instant notre
Mère mourante ; tantôt à genoux, tantôt debout, veillant
et priant à ses côtés comme un ange visible et lui prodiguant
tous les témoignages de la plus filiale tendresse. A peine
eut-elle reçu son dernier soupir qu'elle commença à
l'invoquer : « Ma Mère, ma chère Mère, s'écria-t-elle en
l'embrassant, n'abandonnez jamais vos enfants ; veillez sur
nous, protégez-nous sans cesse, et, en partant pour le
ciel, laissez-nous votre esprit et vos vertus. » Puis, sa

douleur, jusque là trop surmontée, éclata et ses larmes
commencèrent à couler pour continuer sans interruption
durant plusieurs jours. Toutes, mes chères filles, nous
perdions une supérieure incomparable, une mère vénérée
et chérie; sœur Marie perdait de plus une amie, ou comme
elle le disait elle-même, *plus de la moitié de son âme.*
Cependant, le jour même des funérailles, avec cette énergie
de volonté qui la caractérisait, elle réunit la communauté,
et, dans une chaleureuse exhortation, ranima tous les
courages en élevant tous les cœurs en haut. La digne
assistante, se conformant à nos saintes constitutions,
avait adressé immédiatement une lettre circulaire pour
annoncer la triste nouvelle, et recommander aux prières
de la Congrégation l'âme de notre vénérée défunte et
l'élection future. Cette circulaire fut suivie, quelques jours
après, d'une autre, dans laquelle la foi et l'espérance parlent
bien plus haut que la douleur et la sollicitude. Sœur
Marie y résume, d'une manière succinte et énergique,
les vertus et les travaux de notre digne Fondatrice;
comme les uns et les autres vous sont connus, je me
bornerai à quelques citations :

« Quoique nous ne doutions pas que notre chère et
vertueuse Mère n'ait été reçue immédiatement au ciel,
hâtons-nous, mes sœurs, de faire les prières et les
suffrages qui nous sont prescrits, car nous devons toujours
trembler devant les jugements impénétrables de Dieu. Si
cette sainte âme n'en a pas besoin, elle nous les renverra
en bénédictions et en faveurs célestes.

« Vous vous attendez à des détails sur une vie si pleine de
travaux, de bonnes œuvres et de sacrifices, ornée de toutes
les vertus qui font les saints; votre désir est juste, et je
regrette de ne pouvoir le satisfaire dans toute son étendue;
mais nous devons à la Congrégation de conserver un
mémorial fidèle de tout ce que nous avons vu de généreux,

d'admirable, de surnaturel même dans notre **vénérée**
Fondatrice. Nous avons déjà de nombreux mémoires recueillis
avec une scrupuleuse exactitude; nous nous hâterons de
les mettre en ordre, afin qu'ils soient imprimés et publiés
du vivant des témoins oculaires. . . . .

. . . .

« Nous ne la verrons donc plus sur la terre, cette mère
chérie, c'est désormais dans le ciel que nous devons la chercher et nous efforcer d'aller la rejoindre. Quand elle vivait au
milieu de nous, chaque jour, elle parcourait plusieurs fois
en esprit ses divers établissements, s'intéressant aux travaux
de chacune de ses filles, à leurs besoins spirituels et corporels,
priant pour les uns et pour les autres. Pourrions-nous penser
que, du haut du céleste séjour, elle cesse d'avoir les yeux
fixés sur nous, et que nous n'ayons le droit de nous adresser
à elle avec la même confiance, la même simplicité de cœur
que nous l'avons toujours fait? Oh! prenons la sainte habitude
de nous rappeler ses touchants exemples, ses brûlantes
exhortations, ses avis particuliers et les encouragements
qu'elle nous adressait dans nos faiblesses spirituelles et les
divers besoins de nos âmes ; ainsi continuera-t-elle de vivre
au milieu de nous, et serons-nous toujours avec elle. Au lieu
de nous laisser abattre, encourageons-nous par la pensée
du bonheur de notre Mère et l'assurance qu'elle sera notre
protectrice. Renouvelons-nous pour l'observance fidèle de
notre sainte règle qui renferme tout son esprit; n'oublions
jamais les sentiments et les conseils de cette tendre mère sur
les mépris du monde et de nous-mêmes, sur la charité et
l'union fraternelle; comme elle, aimons les pauvres et
brûlons de zèle pour la gloire de Dieu et le salut des âmes.

« Adieu, adieu, mes chères sœurs, nous pleurons
ensemble dans le cœur de notre bon Maître. »

Dans une lettre particulière, notre chère sœur Marie
épanchait sa douleur avec plus d'abandon encore :

« Quel moment douloureux ! Je ne puis vous dire tout
ce que mon cœur souffre : il est broyé ! Oh ! quelle triste
vie ! Après trente-six ans d'affection, de bons avis, de
touchants exemples,tout est fini. Oh ! Dieu seul, Dieu seul !
Je le veux , je l'accepte de tout mon cœur, mais comme la
nature crie fort !......Enfin, il est bien juste que tout ce
qui est créé se change pour nous en amertumes ; il faut
bien que Dieu nous détache de tout, puisque nous ne savons
pas le faire nous-mêmes.

« Dans un mois, ma chère sœur, vous vous rendrez ici
afin de procéder, comme électrice, à la nomination d'une
nouvelle supérieure. Que ce mot est donc triste ! Adorons la
volonté de Dieu. »

Ces lignes étaient adressées à notre bien-aimée mère
Arsène, alors à St-Julien, en Savoie.

La confiance et la vénération dont la digne assistante
était entourée, ses longs services, et plus encore, ses
rapports intimes avec notre V. mère Rivier la désignaient
tout naturellement à la charge de supérieure générale. Elle
remarqua probablement certains indices des dispositions des
esprits en sa faveur, avant la convocation des sœurs
électrices ; c'en fut assez pour exciter ses alarmes et pour
lui inspirer un de ces actes que le monde ne comprend pas,
mais que la religion ne cessera, jusqu'à la fin des siècles,
d'offrir à ses regards étonnés. Afin donc de détourner,
pour me servir de sa propre expression, le coup terrible
qui la menaçait, elle communiqua aux électrices la lettre
suivante qui sera à jamais un monument de son humilité ; je
la transcris sur le texte original :

« Mes bien chères sœurs,

« Celles d'entre vous qui me connaissent bien seront
surprises que j'aie la moindre crainte d'être choisie pour
remplacer notre vénérée Fondatrice, et cette pensée aurait
dû me porter à me renfermer dans un humble silence ; mais

d'un autre côté, vous ne serez pas surprises que je fasse tous mes efforts pour éloigner toute pensée en ma faveur de celles qui, ne me connaissant point, me jugent selon leur charité.

« Il en est, parmi ces dernières surtout, qui paraissent croire qu'ayant vécu trente-six ans près de notre chère Fondatrice, j'ai acquis quelques unes de ses vertus. D'autres peuvent penser qu'ayant géré les affaires temporelles de la Congrégation, je pourrais, sous ce rapport, être plus utile à tous ses membres, et les mieux connaître. Je répondrai plus tard à ces espérances illusoires.

« Je crois d'abord devoir vous dire que j'ai eu, dès ma jeunesse, une extrême répugnance à toute espèce de gouvernement. La crainte de répondre du salut des enfants et des domestiques entrait pour beaucoup dans mon aversion pour le mariage. Il me semble donc que ce n'est pas le travail qui m'effraierait dans la charge de supérieure, mais la responsabilité ; aussi, pourvu que l'obéissance me guide, il n'est rien, avec la grâce de Dieu, que je ne sois disposée à faire et à sacrifier pour le bien des âmes et la prospérité de notre cher institut. Donc, mes chères sœurs, si je puis être utile, en quelque façon que ce soit, à celle que vous élirez, je le ferais volontiers et joyeusement, ayant l'esprit tranquille sur cette formidable responsabilité, bien propre à effrayer une personne aussi dépourvue que je le suis de sagesse et de vertus.

« Les affaires temporelles dont on voudra me charger ne seront que mieux traitées, si je suis exempte de ce tourment intérieur causé par la crainte, et qui trouble et égare le jugement. D'ailleurs, mes chères sœurs, j'ai cinquante-huit ans ; vaudrait-il la peine de mettre un tel fardeau sur mes épaules ? En outre, avec une santé en apparence robuste, j'ai une sensibilité nerveuse qui me rend pénible, inégale, impatiente, comme le sont toutes les personnes atteintes de cette maladie, lorsque la vertu leur manque pour la surmonter.

« Quant au profit que j'aurais pu retirer de mes longs et intimes rapports avec notre chère et bonne mère Rivier, la vérité est que j'ai de grands reproches à me faire, et, à cet égard, je dois m'expliquer aussi clairement qu'on pourra le désirer.

« Il y a deux points sur lesquels j'ai habituellement fait de la peine à cette bonne mère qui me connaissait mieux que personne au monde ne saurait me connaître.

« 1° J'éprouvais une si grande peine à prononcer l'exclusion des sujets qu'elle jugeait ne pas convenir à notre institut, que je faisais toujours des oppositions, et je la mettais souvent dans l'embarras. Or, mes chères sœurs, je le sais, il est des occasions où une exclusion devient rigoureusement nécessaire, et je sens que, malgré ma bonne volonté de remplir mon devoir à cet égard, le courage me manquerait encore, et pourtant il serait très-dangereux d'être plus faible sur ce point que ne l'a été notre Fondatrice.

2° Notre chère Mère me reprochait habituellement une trop grande préoccupation de la santé des sœurs, une crainte excessive de les voir surchargées par le travail ou pas assez bien logées. Sans cesse, je la pressais d'augmenter le personnel des établissements ou de rappeler les sœurs qui étaient fatiguées ; ce qui lui causait de grands embarras, et que de fois, je me suis trompée !

« Croyez-le bien, mes chères sœurs, cette sollicitude a pour cause mon penchant à l'immortification et mon peu d'amour pour la sainte pauvreté. Notre Mère me disait souvent, et avec raison, que cette excessive attention à la santé des sœurs n'était propre qu'à introduire dans la Congrégation l'amour des aises et à en bannir l'esprit de mortification.

« Elle me reprochait encore une grande affluence de paroles, et cela est si vrai, que je ne passe pas un quart d'heure sans avoir à me le reprocher moi-même. Elle me faisait remarquer également, même dans ses dernières années, de l'inégalité d'humeur, une grande dissipation, trop d'empressement pour le travail; elle m'a souvent reprise de ce dernier défaut et n'a pas eu la consolation de m'en corriger, malgré son zèle et son infatigable charité pour mon âme. Pour peu que vous ayez eu l'occasion de me voir, mes chères sœurs, vous conviendrez que cette bonne mère si sage, si éclairée ne me disait que la vérité pure. Croyez que j'omets beaucoup de ces charitables remontrances, et que j'en oublie un plus grand nombre encore.

« Je veux ajouter ce que pensait de moi M. Arnaud Coste, curé de Vernoux, mort en odeur de sainteté. Comme je lui témoignais une grande répugnance pour l'instruction de la jeunesse, ne voulant pas renoncer à mon attrait pour le service des malades, et que je ne lui parlais qu'avec dédain de notre institut naissant, il me dit : « Ne craignez pas que l'on vous confie l'éducation de la jeunesse, vous avez prouvé que vous n'y entendiez rien en gâtant si bien votre jeune sœur. J'ai dit à Mlle Rivier que vous tiendriez ses comptes ; c'est ce qui vous convient, et vous n'aurez pas peu à faire, car cette communauté, qui est aujourd'hui si petite, deviendra une des premières du département, et vous y verrez descendre des évêques. Or, mes bonnes sœurs, je n'avais rien de caché pour ce saint prêtre, il connaissait toute ma vie, et vous voyez qu'il ne me jugeait pas même capable d'élever la jeunesse ; qu'aurait-il donc pensé du gouvernement général de la Congrégation ? Il a prophétisé que je tiendrais les comptes, c'est-à-dire que je m'occuperais des intérêts temporels de la maison ; restons en là ou à toute autre occupation qu'il plaira à notre chère supérieure de me donner, dans la maison-mère ou dans un établissement quelconque, en France ou ailleurs, dans cette partie du monde ou dans une autre; je ferai tout ce qu'elle voudra : classe, cuisine, travaux manuels, tout sans exception aucune; seulement, je supplie celles qui s'étaient fait illusion à mon sujet, de revenir à la vérité, et de me laisser couler en paix les *quatre* jours que Dieu daignera m'accorder encore pour me préparer à la mort. »

Si notre bonne sœur Marie eût été impliquée dans un procès dont auraient dépendus son honneur et sa vie, elle n'aurait pas mis plus d'ardeur à prouver son innocence, à toucher ses juges qu'elle n'en mit alors à persuader aux sœurs électrices qu'elle était incapable de gouverner la Congrégation.

Dès ce moment, elle exigea avec une inflexible fermeté que, conformément aux constitutions, un silence absolu fût gardé sur l'élection future. Et, en effet, on ne vit à cet égard nulle préoccupation dans la maison, et pas un seul nom ne fut prononcé. Vingt ans plus tard, on la verra déployer la même énergie pour l'observance de ce point de règle, lorsque notre vénérée mère Arsène, ayant atteint sa soixantième année, dut pendant huit jours suspendre toutes ses fonctions de supérieure, en attendant la réélection, se perdre dans la foule de ses sœurs et prendre la dernière place aux exercices. Quelques jeunes sœurs, plus sensibles que raisonnables, pleuraient de ce qui faisait la joie de notre bonne Mère; une autre sœur très avancée en âge, laissa échapper cette parole « qu'il lui serait bien pénible de voir, du vivant de la mère Arsène, une autre supérieure à la tête de la Congrégation », il n'en fallut pas davantage pour enflammer le zèle de notre très-honorée sœur Marie. Elle réunit les sœurs de la maison-mère, et le livre des constitutions à la main, elle s'éleva avec tant de force contre cette violation de la règle, et réprimanda si sévèrement les coupables que toutes restèrent comme atterrées.

Les appréhensions que la digne assistante avait d'être chargée du gouvernement général de la Congrégation n'étaient pas sans fondement, car voici le témoignage que m'a donné par écrit M. Cade, notre médecin, qui se trouvait en état d'être bien renseigné : « Après la mort de la V. mère Rivier, l'opinion publique désignait comme digne de lui succéder sœur Marie qui, depuis longues années, remplissait les fonctions d'assistante, et qui avait si puissamment contribué soit à consolider les premières assises de l'institut, soit à en activer la prospérité toujours croissante. Mais la Providence se plaît à déjouer quelquefois les calculs de la prudence humaine en dirigeant le choix des volontés, qu'elle domine à son gré, sur la personne qu'elle juge la plus apte à seconder ses desseins. Aussi, quel ne fut pas l'étonnement des gens du monde d'apprendre que le dépouillement du scrutin avait réuni les suffrages sur sœur Arsène, directrice des établissements de la Savoie, qui, dans sa modestie, avait si peu prévu le résultat de l'élection que, la veille même, elle avait fait ses préparatifs de départ pour son poste (1). Sœur Marie accueillant avec une soumission humble et respectueuse cette nomination de son élève, devenue sa supérieure, nous protesta, en toute sincérité, qu'elle aurait mille fois préféré la mort aux fonctions d'une charge si élevée, si difficile, si grave de responsabilité et dont elle s'était toujours jugée incapable et indigne. »

(1) Ce résultat n'était connu que de l'Esprit-Saint, et, sans nul doute, la bonne mère Arsène ne pouvait le prévoir. Sœur Marie l'avait chargée de lire à la communauté, durant plusieurs jours de suite, ce que nos constitutions prescrivent aux sœurs à l'égard de la nouvelle supérieure, et de rappeler dans quel ordre et avec quels sentiments intérieurs chacune doit faire l'acte de soumission, etc. Lorsqu'on sonna la réunion des sœurs électrices, elle s'acquittait de cette obédience avec le zèle et l'aménité qui la caractérisaient. Quelques heures après, sœur Arsène, était notre mère !

Voyant sa jeune supérieure comme accablée sous le poids de la charge qui venait de lui être imposée, notre vénérable sœur Marie lui adressa ces touchantes paroles : « Courage, ma chère mère, courage! Le bon Dieu a placé un lourd fardeau sur vos épaules, mais il ne vous laissera pas le porter seule; toutes vos filles, je vous l'assure, sont dans la sincère résolution de vous l'alléger par leur docilité et leur entier dévouement. Quant à votre pauvre vieille assistante, disposez-en avec une parfaite liberté; elle vous laissera la responsabilité puisque Dieu vous l'a donnée, mais elle désire prendre pour elle, s'il est possible, tout le travail et la peine. » Vous savez toutes, mes chères filles, avec quelle fidélité et quel dévouement notre vénérée sœur a tenu cette promesse.

Non contente de donner à la nouvelle élue tous les témoignages de son dévouement et de son respect, la digne assistante reporta sur elle les sentiments d'amour et de confiance qu'elle avait voués à notre V. Fondatrice. Je serais même portée à dire que, dans leurs manifestations extérieures ces sentiments étaient empreints de je ne sais quoi de plus suave, de plus affectueux encore. On ne pouvait voir, sans être attendri, comme notre respectable sœur s'efforçait de façonner, chaque jour davantage, sa forte et ardente nature aux habitudes si douces, si paisibles de notre pieuse mère Arsène, et de deviner jusqu'à ses moindres désirs pour s'y conformer. Je ne crois pas qu'il puisse se rencontrer une plus saillante diversité de nature et de caractère que celle qui existait entre notre bonne mère et son assistante. Néanmoins, pendant vingt-quatre ans, elles ont été continuellement en contact sans qu'un seul fait, un seul mot même ait révélé la plus légère opposition de sentiments ou de volonté, ou altéré la sainte franchise et l'aimable cordialité de leurs rapports. Ce qui est plus admirable encore, chaque membre de la communauté semblait avoir comme l'instinct de cette belle et touchante harmonie ; aussi ne songeait-on même pas à distinguer, dans la pratique, les prescriptions ou les défenses de notre révérende Mère d'avec celles de notre chère sœur Marie ; tant il semblait naturel de regarder la parole de l'assistante comme l'expression de la volonté de la supérieure.

C'est, je n'en doute pas, mes chères filles, dans une pensée toute d'amour pour notre chère Congrégation, qu'après la mort de notre V. Fondatrice, Dieu accorda à sœur Marie vingt ans encore d'une belle et verte vieillesse, pendant lesquels elle fut l'œil et le bras droit de notre mère Arsène, et pour nous, un parfait modèle de toutes les vertus religieuses.

Une main vénérée, vous le savez, a naguère consacré, dans des pages émues, le souvenir des rapports intimes de notre digne mère Arsène et de son assistante, et, sur ce sujet, j'aurais dû peut-être me contenter de citer ce beau passage du livre de Mgr Dabert :

« La mère Arsène eut le bonheur d'avoir auprès d'elle pour l'aider dans sa charge, une sœur dont le nom n'est jamais prononcé dans la Congrégation qu'avec un sentiment d'affectueux respect. Je parle, on le comprend, de sœur Marie Vincent de Paul. Dans ses rapports avec cette vénérable assistante, la mère Arsène s'inspirait des plus délicats sentiments du cœur. Ce qui en faisait le fond, c'était toujours son affection maternelle, mais il s'y mêlait un respect tout empreint de douceur, de soumission et de prévenance.

« Sœur Marie était de beaucoup l'aînée de sa bonne mère, son aînée d'âge et de religion, et l'une des premières sœurs de la Congrégation. La bonne mère Arsène trouvait en sœur Marie le plus pur esprit de la Présentation à son berceau ; elle la regardait, si je puis dire, comme la continuation de la V. Mère. Voilà pourquoi elle lui avait donné une place à part dans ses affections. Elle était heureuse que le nom de cette fille aînée fût toujours associé au sien dans les petites fêtes de famille, et il semble que la Providence elle-même l'avait voulu ainsi. Elles avaient l'une et l'autre reçu au baptême le nom d'Aimée, et leur nom de religion, bien que différent, appartenait à deux saints que l'Église honore le même jour.

« Aussi, tout était commun entre la supérieure et son assistante ; je dirai mieux : tout entre elles était un. Il y avait mêmes vues, même volonté, même dévouement à la Congrégation. La mère Arsène n'avait point de fille plus respectueuse, plus dévouée, plus affectueusement soumise que son assistante, et aucune sœur n'avait plus d'attentions, plus de déférence, plus de soins pour l'assistante que sa propre mère. »

Dans tous les temps, disent nos saintes constitutions, l'assistante doit avoir une grande vigilance pour le maintien du bon ordre dans la communauté, l'observance des règles et la conservation des usages. Sœur Marie déploya dans l'accomplissement de ce grave devoir de sa charge une énergie qu'admirèrent plusieurs fois de saints évêques, des ecclésiastiques distingués et même des laïques recommandables par leur vertu et leur position sociale. Dépositaire fidèle des anciennes traditions, elle veilla avec un soin extrême à leur conservation ; ses exemples y contribuèrent plus encore que ses paroles ; car, comme elle le disait elle-même, elle se serait laissée brûler vive plutôt que de consentir à ce qu'eût désavoué notre V. Fondatrice. Elle regardait comme un devoir de s'exprimer librement et simplement sur ce qui lui paraissait utile ou contraire au bien de la communauté ; et lorsqu'on lui demandait son avis ou que sa charge l'obligeait à le donner, rien n'était capable d'altérer sa franchise : au reste, ce qu'elle disait était toujours aussi convenable dans l'expression que juste et solide dans le fond de la pensée.

En 1851, Mgr Guibert répondant au vœu unanime de la

communauté, avait enjoint à notre vénérée mère Arsène de laisser tirer son portrait. Mais sœur Marie croyant voir en cela une dangereuse innovation, parce que notre V. Fondatrice n'a été peinte qu'après sa mort, crut devoir soumettre à Sa Grandeur, à ce sujet, de respectueuses observations :

« Monseigneur, lui écrivait-elle, j'ose supplier votre paternelle bonté si propre à nous ouvrir le cœur, de permettre à l'une de vos pauvres filles de la Présentation d'exposer à Votre Grandeur la peine que fait éprouver à notre mère supérieure l'ordre qu'elle en a reçu de faire prendre son portrait, peine que je partage bien vivement. Ici, Monseigneur, je fais abstraction de votre personne sacrée et des raisons qui l'ont portée à exiger cet acte d'obéissance ; je n'en considère que le résultat. J'ai beaucoup prié et réfléchi, et, à part l'émotion que j'éprouve malgré moi dans cette affaire, au lieu de ce calme qu'établit dans l'âme l'Esprit-Saint, je me trouve toujours pressée de la même crainte.

« Je considère dans nos saints fondateurs des modèles d'humilité, de simplicité, d'amour pour la sainte pauvreté ; ils ont établi notre Congrégation sur ces bases et se sont efforcés de nous inculquer leurs sentiments ; ils y ont réussi, grâce à Dieu ; mais avec l'esprit du siècle où nous vivons, notre penchant pour le luxe, la vanité et les commodités de la vie, ces belles vertus se sont bien affaiblies, et on ne peut qu'en gémir ; mais il serait effrayant que ceux qui gouvernent la Congrégation donnassent l'exemple du relâchement. Que pourrait donc refuser aux désirs frivoles de ses subordonnées une supérieure qui ferait tirer son portrait ? M. Pontanier, notre premier fondateur, et notre V. M. Rivier n'ont été peints qu'après leur mort : encore, c'est la reconnaissance qui les a fait peindre et rien ici n'est à craindre pour l'exemple. Il est vrai que M. Vernet, cédant à de pressantes instances, a souffert qu'on tirât son portrait, mais il était dans un âge avancé, et sa position était tout autre que celle d'une pauvre supérieure religieuse, et son exemple ne tirait pas à conséquence. Mais veuillez considérer, Monseigneur, combien il est pénible à une vierge chrétienne et plus encore à une religieuse de poser durant plusieurs heures devant un homme. Combien de traits dans la vie de nos saints fondateurs ne pourrais-je pas produire ici qui démontreraient leur éloignement pour une telle action !

M. Pontanier nous rassembla un jour, dans un galetas à Thueyts, transformé en dortoir ; le plancher avait été si mal travaillé qu'il nous semblait nécessaire de le doubler. Ce vénérable Sulpicien nous reprit sévèrement, nous reprochant de vouloir introduire le luxe dans la communauté. « Souvenez-vous, nous dit-il, que Dieu ne vous bénira qu'autant que vous pratiquerez l'humilité et la pauvreté ; vous n'êtes que de petites institutrices, établies principalement pour l'instruction des pauvres. » C'était en 1808 qu'il nous parlait ainsi.

« Vous avez pu juger vous-même, Monseigneur, jusqu'à quel point M. Vernet, votre vicaire général et notre supérieur, portait l'esprit de simplicité. Chaque membre de notre Congrégation en pourrait citer plusieurs traits : par exemple, il se servait d'un peu de cendre au lieu de savon pour enlever les taches d'encre de ses doigts. — Lorsque, vers la fin de 1801, il vint à Vernoux pour nous parler de la Congrégation naissante, il nous prévint, sœur Xavier, sœur Gonzague et moi, que les sœurs, à l'exemple de leur supérieure, ne couchaient que sur la paille, et que si nous nous décidions à y entrer, il ne conviendrait pas que nous eussions un matelas. — La même année, était entrée une jeune Lyonnaise, connue plus tard sous le nom de sœur Gertrude ; elle avait une adresse admirable pour les broderies en or et en soie : notre V. Mère voulut que son premier ouvrage fût consacré à orner une statue de la sainte Vierge placée dans sa chambre. La bonne sœur, après avoir orné la niche, l'entoura d'un rideau de taffetas vert avec une frange et des cordons de filet d'or. M. le Supérieur appela notre V. Mère et lui dit d'un ton sévère : « Quel exemple donnez-vous à vos filles par une telle recherche dans un meuble de votre chambre ! » Elle reçut très-humblement cette correction et fit ensuite ses excuses à la communauté de s'être fait illusion.

« La première sœur robière avait doublé le bout des manches de notre V. mère Rivier avec un morceau d'étoffe de soie noire ; les yeux si fins de M. Vernet aperçurent bientôt cet ornement, la sœur fut réprimandée et son ouvrage défait.

« Notre V. mère, ne consultant que sa générosité naturelle et sa reconnaissance envers les amis de la Congrégation, avait laissé introduire un certain luxe dans le service de la table des étrangers. M. Pontanier l'en avertit. Je crois qu'il existe encore une lettre dans laquelle elle me répond à Alais, avec son humilité ordinaire, aux représentations que j'avais cru devoir lui faire à ce sujet (1).

« Que de fois, dans le commencement de la Congrégation, nous avons enduré la faim ! et cependant, nous avions beaucoup de travail ; la nuit même n'était pas un temps de repos, car nous devions partager notre couche de paille avec une de nos sœurs. A ma délicatesse pour la nourriture se joignait une répugnance extrême pour l'instruction de la jeunesse ; mon orgueil n'agréait pas ces humbles fonctions, et mon immortification me faisait soupirer après un genre de

---

(1) J'ai, sous les yeux, la lettre autographe de notre V. Mère à sœur Marie, et j'y lis : « Je conviens parfaitement de ce que vous me dites du superflu de la table des étrangers ; je désire bien corriger cet abus ; je vais commencer, en attendant votre retour, d'y mettre plus de simplicité ; ensuite, nous réglerons tout pour le mieux, de concert avec M. le Supérieur. »

vie moins opposé à mes inclinations. Je dois à la vérité
d'avouer ici que c'est l'humilité, la simplicité et l'esprit de
pauvreté que je voyais dans mes supérieurs et dans mes
compagnes qui m'ont aidée à persévérer. Où sont, me
disais-je aux pieds du très-saint Sacrement, où sont les
obstacles que tu trouves ici à ton salut? la charité, la paix
et l'obéissance y règnent, et, avec ces vertus, l'esprit de
Dieu. Ah! misérable, tu voudrais sortir d'ici pour aller
soigner les malades dans un grand hôpital! et, quand tu
serais dans ta famille, l'amour de tes parents et des aises de
la vie t'y retiendrait, et te voilà sans vertu dans le monde,
exposée à te perdre pour l'éternité. Oui, je le répète, c'est la
simplicité et la pauvreté de notre Congrégation qui m'y
ont retenue et attachée. Je dois conséquemment faire tous
mes efforts pour y maintenir les vertus que j'y ai trouvées et
que je me reproche sans cesse de si mal pratiquer. Il est
bien nécessaire, dans les temps où nous vivons, d'opposer
une digue au penchant qu'on aperçoit, dans certaines sœurs,
d'élargir les prescriptions de notre sainte règle cependant
si peu austère; et, selon moi, cette digue est d'abord le zèle
des supérieurs pour le maintien des règles et des usages, et
ensuite, les retraites générales dans notre maison-mère.

« Maintenant, Monseigneur, pour revenir à l'affaire du
portrait, permettez-moi de vous faire observer qu'il est
nécessaire que nos vingt-quatre conseillères, chargées, sous
l'autorité de Votre Grandeur, de maintenir l'esprit de
nos saints fondateurs, soient consultées, car c'est une œuvre
qui serait connue du public et ne pourrait rester cachée à
la communauté. Je crois que toutes partageront mes craintes
sur les effets que produirait l'exemple de notre mère supérieure; s'il en était autrement, j'en serais étonnée et
profondément affligée.

« De grâce, Monseigneur, daignez nous guider et nous
reprendre comme ces fervents novices, *Oblats de Marie*, qui

avaient le bonheur d'être dirigés si parfaitement par vous
dans les voies de la perfection ; nous y sommes encore
bien neuves, malgré les soins de nos vénérés fondateurs et
ceux que Votre Grandeur nous prodigue avec tant de zèle
et de bonté ; mais nous en voulons mieux profiter à l'avenir.

« Je conviens que cette longue lettre si mal écrite est une
véritable indiscrétion. Pardonnez, Monseigneur, cette diffu-
sion à la pauvre vieille secrétaire qui ne sait pas, comme
Votre Grandeur, dire beaucoup de choses en peu de mots.
Cependant, il me faudrait une lettre plus longue encore
pour rappeler tous les titres que vous avez à notre profond
respect et à notre vive reconnaissance. »

Mgr Guibert, après avoir lu cette lettre, la fit adresser par
son grand vicaire, M. Martin, de pieuse mémoire, à notre
mère Arsène avec le billet suivant :

« J'ai l'honneur de vous renvoyer la lettre de sœur Marie,
afin que vous la gardiez dans les archives de la Congrégation.
Monseigneur a de bonnes raisons pour cela ; ce sera, après la
mort de cette bonne sœur, un monument de sa piété, propre
à constater l'esprit des véritables filles de la Présentation. »

Signé : Martin, vic. général.

En transcrivant ici cette lettre pour votre édification, mes
chères filles, je n'ai donc fait que me conformer aux désirs
vénérés de l'illustre archevêque de Tours. Du reste,
Monseigneur ne voulant pas affliger notre bonne sœur
Marie, ne parla plus du portrait à notre Mère, et, par cette
touchante condescendance, Sa Grandeur nous donnait plus
d'une salutaire et importante leçon.

Mais en 1858, une sœur en charge ayant exprimé à
Mgr Delcusy, notre vénérable évêque, combien il nous
serait pénible de ne pas conserver les traits de notre mère
Arsène et de sœur Marie, Sa Grandeur leur ordonna, à l'une
et à l'autre, de laisser tirer leur portrait ; l'ordre fut donné,
cette fois, de manière à ne permettre aucune objection. Il

est juste de dire qu'il ne s'agissait alors que d'une simple photographie. Ce procédé commode, rapide et économique à la
fois, ne tombait pas au même degré que la peinture ordinaire,
sous le coup des objections de la bonne sœur ; et comme
l'usage en est aujourd'hui si répandu, son amour de la
pauvreté, son humilité et sa modestie religieuse devaient
s'en alarmer un peu moins. Quoi qu'il en soit, lorsque le
moment fut venu de passer quelques instants chez un
photographe, la bonne mère Arsène dut y conduire elle-même
sœur Marie. Déjà celle-ci ne pouvait plus marcher qu'en s'appuyant sur le bras d'une de ses compagnes ; la bonne Mère
lui offrit le sien, et chemin faisant, elle l'exhortait par de
douces paroles à obéir de bonne grâce, lui ajustant son
voile, sa pèlerine et plaçant sa croix d'une manière convenable. C'est grâce à ces délicates attentions que la
photographie de sœur Marie ne laisse rien à désirer. Notre
chère Mère ne prit pas les mêmes précautions pour elle-
même ; de là, les irrégularités qui se trouvent dans son
portrait.

Ennemie déclarée de la mondanité, sœur Marie ne
pouvait souffrir ce qui en avait seulement l'apparence.
Voici quelques traits qui trouvent ici leur place : En l'absence
de notre révérende Mère, notre sœur lingère avait fait
placer des stores de toile bleue devant les fenêtres de
l'appartement où travaillent nos sœurs robières qu'incom-
modait le soleil. Notre vénérée sœur Marie, qui crut voir en
cela une recherche de vanité, les fit enlever et mettre à la
place une toile grise. — La propreté exigeant que le glacis
du cloître de la maison-mère fût remplacé par des dalles,
avec la permission de notre Mère, elle fit entremêler
très-irrégulièrement les dalles noires avec les dalles
blanches, n'hésitant pas de sacrifier le bon goût à la
simplicité religieuse.

Rendant compte de la maison à notre bonne mère Arsène,

7

elle lui disait : « J'ai éprouvé une grande joie de la lettre de
notre sœur N***. qui, en retournant dans l'établissement
qu'elle avait quitté, n'a pu retenir ses larmes en voyant ses
anciennes élèves porter chapeaux et robes de soie, tandis
qu'avant son départ, elles se trouvaient élégamment mises
avec une robe d'indienne. Cet amour de la simplicité devrait
caractériser toutes les sœurs de la Présentation. O mon
Dieu, ma chère Mère, que nous avons besoin de l'inspirer
à nos jeunes sœurs, aux novices, aux élèves et même à nos
petites orphelines ! » Dans une autre lettre, nous lisons ces
lignes : « J'ai écrit avec mon encre la plus noire à sœur
N*** qui nous avait donné commission de lui acheter de la
vaisselle de terre de pipe bien blanche. La vie lui serait bien
amère, si elle sentait tout ce que me fait souffrir sa vanité ;
oh ! ma chère Mère, que deviennent, dans la communauté,
l'esprit de pauvreté et de simplicité des premiers temps !
Si j'y songeais bien, j'en pleurerais nuit et jour. »

IX.

Sœur Marie ne pouvait voir sans gémir la nécessité
où sont aujourd'hui les congrégations dévouées à l'ensei-
gnement d'élargir sans cesse le cercle des études, afin
de répondre aux exigences du siècle. Son opinion sur ce
point est partagée par bien des personnes aussi recommandables par leur savoir que par leur expérience ; mais
comme ce n'est pas ici le lieu de traiter cette question,
je me bornerai à transcrire une lettre qu'elle écrivait
à une maîtresse de pensionnat : « Il nous est bien
avantageux d'être appliquées à l'éducation des jeunes
personnes simples dans leurs manières, et dont les parents
n'ambitionnent qu'une éducation solidement chrétienne.
Quant à celles qui veulent briller dans le monde, elles

sont déplacées chez nous, qui devons leur en inspirer le mépris par notre conduite plus encore que par nos leçons. Nous avons été principalement établies pour l'instruction du peuple et des habitants de la campagne; c'est là que Dieu nous bénit et se communique à nous. Nos sœurs que la sainte obéissance place dans les pensionnats doivent être extrêmement en garde contre le monde, redouter son esprit d'orgueil, de suffisance et de vanité. Oh ! vivent les pauvres et la sainte pauvreté ! qu'il y a à gagner auprès des enfants pauvres ! Ce sont les vraies images de Jésus-Christ qui hait le monde et chérit tendrement les pauvres.

« Méditez souvent la simplicité et l'humilité du bon Jésus, donnez aux enfants les connaissances nécessaires sans y attacher un grand prix; elles n'en valent pas la peine, et les plus brillantes sont ordinairement les moins utiles. Inspirez bien cet esprit à vos chères novices; il faut qu'elles meurent au monde et à son esprit pour vivre de la vie de Jésus-Christ. »

Le choix des livres était, de la part de sœur Marie, l'objet d'une continuelle sollicitude. Voici ce que m'a écrit, sur ce sujet, le respectable M. de Contagnet : « Lorsque les livres destinés à l'enfance et à la jeunesse furent soumis à l'examen de commissions ecclésiastiques, et revêtus, après cet examen, d'imposantes approbations épiscopales, je crus pouvoir m'en rapporter, les yeux fermés, à cette garantie: il n'en fut pas de même de sœur Marie. Quelles que fussent les recommandations placées à la suite du titre, elle revisait elle-même tous ces livres, pour s'assurer qu'ils ne renfermaient rien qui pût porter atteinte à l'innocence des jeunes personnes, si susceptibles de recevoir de cruelles blessures par suite de leur curiosité ou de leur imagination : « Je préfère vos corrections, ratures ou suppressions de pages à toutes les approbations d'usage, me dit-elle un jour d'un ton résolu, et je dois avouer que l'expérience lui donna raison plus d'une fois. »

Le trait suivant, raconté par le docteur Cade, sera lu aussi avec intérêt : « Sœur Marie ayant surpris dans les mains d'une jeune pensionnaire un magnifique recueil de contes d'enfant, orné de jolies gravures coloriées, voulut en prendre connaissance avant de lui en permettre la lecture. A peine a-t-elle reconnu que l'un de ces contes, sous le voile à demi transparent d'une piquante allégorie, laisse percer des sentiments propres à développer des passions déjà naissantes, que soudain, elle éclate, moi présent, en transports d'indignation contre les parents coupables qui mettent entre les mains de leurs enfants des ouvrages de ce genre. Il faudrait avoir été témoin, comme moi, de cette scène pour se faire une juste idée de tout le prix qu'attachait sœur Marie à l'angélique vertu, et de son zèle à écarter jusqu'aux plus légères vapeurs capables d'en ternir la limpidité et l'éclat. Je crus vraiment assister au spectacle de la sainte colère de Jésus-Christ chassant les vendeurs du temple, et je respectai les scrupules de conscience d'une maîtresse qui ne saurait jamais pécher par excès de vigilance, à l'égard des élèves qui lui sont confiées, surtout en ce qui tient aux bonnes mœurs. »

Ce zèle si ardent, si pur que déployait, en toute rencontre, la digne assistante la rendait de plus en plus chère à notre bien-aimée mère Arsène, dont le plus ardent désir était de marcher sur les traces vénérées de notre Fondatrice et de conserver, dans toute son intégrité, l'esprit qu'elle lui avait légué. Aussi, comme la supérieure et l'assistante étaient heureuses de vivre sous le même toit, de travailler et de se dévouer ensemble, et comme leur cœur souffrait lorsque les intérêts de la Congrégation les séparaient ! Mais elles s'en dédommageaient par une correspondance des plus actives.

« Si vous saviez, ma très-chère Mère, écrivait sœur Marie,

comme vos pauvres filles d'ici comptent les jours du mois
de juillet qui doit vous ramener parmi nous ! Puissent les
jours de l'absence être utiles à votre santé ! Comme nous
espérions vous voir bientôt, nos dernières lettres étaient
courtes pour ne pas vous étourdir de nos misères ; ces
misères vont augmenter jusqu'à votre retour ; vous les aurez
donc toutes à la fois. En attendant, nous tâcherons d'agir
comme nous avons fait jusqu'ici : *en braves* enfants ; de nous
concerter et de faire comme il nous semble que vous feriez
vous-même. Dites-nous, je vous en supplie, quel jour nous
aurons le bonheur de vous revoir ; j'ai peur que vous
vous accoutumiez en Savoie. »

Quelques jours après : « Nous ne murmurons plus, ma
chère Mère. Hier, au lever de l'aurore, j'eus cette bonne
pensée : c'est aujourd'hui le 1er juillet ; encore deux semaines, et ce sera le 15 ; oh ! quel plaisir, bonne Mère !
c'est dans ce mois que nous vous reverrons et que je
vous rendrai, comme il est juste, tous vos soucis des corps
et des âmes. Vous avez la grâce, et moi, pauvre, je
n'ai rien de ce qui fait la supérieure et la mère. »

A la suite d'une lettre que M. le Supérieur écrivait à
notre vénérée mère pour l'engager à prendre les bains
d'Aix en Savoie, sœur Marie disait : « Ma très-chère
Mère, M. le Supérieur a la bonté de me permettre d'ajouter
quelques lignes à sa lettre ; j'en profite pour vous souhaiter mille biens ; j'entends les biens spirituels et les
biens temporels, et, parmi ces derniers, je place au premier
rang une bonne santé. Oh ! que je désire que ce souhait
s'accomplisse ! mais je n'aurais jamais pensé à vous engager
de prendre des bains, car je trouvais votre absence déjà
trop longue ; néanmoins, si votre santé exige qu'elle se
prolonge encore, il faut bien se soumettre ; nous le faisons
volontiers, parce que votre santé est le plus précieux trésor
de la terre pour votre communauté. »

Une autre fois : « Je prends une grande et belle feuille de papier pour vous écrire, ma très-chère Mère, et je crois que j'ai tort, car vous êtes si occupée que vous n'avez pas le temps de me lire ; je voulais aussi vous envoyer ma plus belle écriture, et voilà que je commence par faire des pattes de mouche ; c'est donc ainsi que mes meilleures résolutions se trouvent presque toujours en défaut, même avec ma bonne et tendre Mère. » Et après les détails d'adminis‑ration : « Je vous salue bien respectueusement avec la croix ; il faut bien que cet arbre salutaire porte la mère et les filles, et qu'entre ses bras nous rendions le dernier soupir comme notre bon Maître. Vous nous le dites, chère Mère : c'est par la croix que tous les saints, dont nous faisons aujourd'hui la fête, sont allés au ciel ; oh! qu'ils sont heureux d'être assurés de ne plus offenser Dieu et de l'aimer tant qu'ils veulent ! Ce n'est certes pas leur couronne, leurs délices et leur gloire que j'envie ; sans toutes ces belles récompenses, je serais très-heureuse dans un petit coin du paradis, pourvu qu'il y ait la sainte eucharistie, l'innocence et l'amour tout pur ; mais je ne sais pas comme je ferai pour m'en aller de ce triste pays qu'on appelle la terre. Notre V· Mère me grondait fort lorsque je parlais de mourir, et vous, chère Mère, vous me retenez tant que vous pouvez par vos prières et pas vos bons soins ; je suis dans ma 70me année, et rien ne m'annonce encore l'arrivée de la mort ; je marche gravement et j'ai aussi bon appétit que ceux qui travaillent beaucoup. Enfin, qu'elle vienne quand le bon Dieu voudra ; votre bénédiction maternelle sera un bon passeport. » Hélas ! notre chère sœur Marie a été privée de cette dernière conso‑lation ; mais j'ai la confiance que, du haut du ciel, notre vénérée mère Arsène unissait sa main à celle qui, malgré son indignité, la remplaçait dans ce douloureux ministère. »

La lettre suivante n'est pas moins une preuve de l'esprit de soumission de notre sœur Marie que de son affection filiale : « Je ne puis me pardonner, ma très-chère et bonne Mère, de vous avoir donné de l'inquiétude en disant que le malaise m'ôtait le courage d'aller à Thueyts, comme vous aviez la bonté de m'y inviter ; je n'avais aucun souvenir de cette parole ; si je l'ai dite, c'est peu après la mort de nos chères sœurs, et j'entendais alors parler du courage moral, et non, il me semble, des forces physiques. Je crois avoir dit un mot dans ce sens à ma sœur N*** qui vous écrivait, et c'était bien de la fatigue, car j'étais au lit ce jour là. Mais que cette malencontreuse indisposition me cause du chagrin ! on ne comprend pas assez la bonté du cœur des mères. Pour réparer cela, je vais tâcher de me porter si bien que je vous soulagerai au moins en quelques petites choses. »

L'âge, qui affaiblissait les facultés intellectuelles de la digne assistante, semblait accroître son respect, sa soumission et son filial amour pour sa supérieure. Toujours empressée à la prévenir par de délicates attentions, à la soulager dans ses sollicitudes, à vouloir la décharger d'une partie de son travail, elle venait, chaque matin, frapper à la porte de sa chambre pour s'enquérir de l'état de sa santé et lui demander une obédience. Après l'avoir reçue, elle se retirait le cœur satisfait, disant avec un affectueux intérêt : « Oh ! je vous en prie, ma chère Mère, ménagez-vous bien ; ne travaillez pas tant ; hélas, hélas ! que ferions-nous si vous veniez à nous manquer ? » Comme si elle eût pressenti qu'elle devait survivre à cette Mère vénérée, son absence lui devenait de plus en plus pénible ; vingt fois le jour, elle la demandait, disant ne l'avoir pas vue depuis longtemps. « Lorsque je ne vois pas notre Mère, ajoutait-elle du ton le plus touchant, je suis comme la Sainte-Vierge lorsqu'elle avait perdu l'enfant Jésus. » Effectivement, tant que notre respectable sœur Marie put marcher, elle la suivit autant qu'elle le put.

Parfois, la mère et la fille échangeaient de pieux entretiens qui déjà n'étaient plus de la terre. « Eh bien, ma bonne sœur Marie, vous êtes donc malade, lui dit un jour notre vénérée mère Arsène.

— Eh oui, ma chère Mère ; j'espère que, cette fois, ce sera la fin.

— Mais votre mère ne vous donne pas la permission de mourir encore.

— Oh ! de grâce, ma chère Mère, laissez-moi mourir ; il y a bien assez longtemps que je bataille ; 80 ans ; miséricorde, que c'est long ! Vous pouvez me croire, il me tarde bien de m'en aller.

— N'est-ce pas, ma chère sœur, il vous tarde d'aller voir, Notre-Seigneur ? Il est déjà si doux de le contempler à travers les ombres de la foi ; que sera-ce donc de le voir face-à-face ? »

Transportée par ces paroles, notre vénérable sœur s'écrie : « Oh ! ma chère Mère, il me tarde tant de le voir ce bon Jésus, que si j'arrivais à la porte du paradis seulement deux minutes avant notre saint-père le Pape, je crois que je ne lui céderais pas le pas. Et dès que je serai entrée au ciel, je ferai ma plus belle révérence à Notre-Seigneur, et je lui dirai : « Ah ! Seigneur, qu'il y a longtemps que le désir de vous voir me faisait languir sur la terre ! maintenant que vous m'avez accordé cette faveur, je sens que toute l'éternité ne sera pas assez longue pour vous remercier. »

— J'espère, lui dit notre bonne Mère, que, dans votre empressement, vous n'oublierez pas d'aller saluer notre V. mère Rivier.

— Oh non, sans doute, j'irai la voir, cette bonne Mère ; je lui dois tant de reconnaissance ! J'irai aussi voir mon autre mère qui était si bonne, et que notre séparation a fait mourir de chagrin, et je lui dirai : Ma chère mère, nous avons bien souffert l'une et l'autre, mais le ciel en est le prix. J'irai voir aussi nos premières sœurs et tant de bons amis que nous avons tant aimés ; qu'il y en a dans ce beau pays !

allons-y vîte, ma chère Mère ; mais je veux y aller la première, pour vous y recevoir quand vous viendrez. » Hélas !
les rôles ont été bien changés !

Quelques jours avant la dernière retraite que présida
notre vénérée mère Arsène, sœur Marie lui écrivait à Viviers
où elle prenait quelques jours de repos : « Voici votre plus
vieille fille qui veut avoir le plaisir de vous écrire pour
adoucir le pénible silence que votre absence lui impose. Oh !
quand vous nous quittez, le temps est bien long et bien
triste. Puissiez-vous, du moins, rapporter votre santé plus
forte ! Voici un temps de travail accablant pour vous, ma
chère Mère ; nous avons toutes un vif désir de vous l'adoucir
par notre bonne volonté et nos prières ; espérons que le
Seigneur soutiendra vos forces et vous facilitera le travail ;
mais revenez vîte, ma chère Mère, qu'il me tarde de vous
revoir ! et je vois que toutes nos sœurs soupirent aussi, de
tout leur cœur, après ce beau moment. Je tremble et j'ai bien
de la peine à écrire lisiblement ; je vous aime de toute mon
âme. Bénissez votre pauvre vieille fille qui vous aime depuis
tant et tant d'années, et qui vous aimera toujours. »

Lorsque, le 24 octobre 1862, notre chère Mère fut ravie à
notre vénération et à notre amour, sœur Marie dont
les facultés morales étaient grandement affaiblies, ne put
comprendre la perte immense que nous faisions, mais
bientôt l'absence prolongée de notre Mère bien-aimée se fit
sentir à son cœur. Elle disait à toutes les sœurs qu'elle ren-
contrait. « Mais où est donc notre Mère ? » Et sur la réponse
qu'elle n'était plus de ce monde : «Oh ! mon Dieu, reprenait-
elle vivement, notre Mère est morte, et je puis vivre encore !
je n'étais donc pas ici lorsqu'elle nous a quittées. » Puis, elle
ajoutait : « C'est bien une sainte, je la connais depuis sa plus
tendre enfance, et je ne lui ai jamais vu faire une faute
volontaire. » Levant ensuite les yeux et les mains au ciel,
elle disait avec une ferveur touchante : « O Dieu,

accomplissez vos desseins sur nous, mais n'abandonnez pas notre maison ; Seigneur, donnez-nous une Mère remplie de votre esprit. — Dieu est un bon père, disait-elle encore, voyez comme il a soin de nous : il nous a donné un supérieur tout dévoué à nos intérêts ; il est bien nécessaire qu'il vienne nous voir, afin que notre nouvelle Mère nous trouve toutes à notre devoir. Oh ! qu'il me tarde qu'elle arrive, afin de donner à toutes l'exemple de la soumission, et que je serai heureuse de l'entourer de ma vénération, de mon amour et de ma confiance ! »

Parfois, nos sœurs remarquant en elle un air triste et peiné, lui en demandaient la cause : « Comment voulez-vous que je sois contente, répondait-elle aussitôt, nous n'avons pas de mère ! » A mon retour du Canada, on m'a raconté un trait qui m'a profondément émue. Sœur Marie étant à l'église entend souffler le vent avec violence ; elle sort aussitôt, et, saisie d'effroi, elle dit à celle qui l'accompagnait : « Que le temps est mauvais ! Si notre Mère est sur l'Océan, elle est bien exposée. O mon Dieu, sauvez-la, secourez-la, s'il vous plaît ! Allons, ma sœur, rentrons à l'église pour dire notre chapelet devant la statue de la très-sainte Vierge, afin d'obtenir un heureux voyage à notre bonne Supérieure. »

Au moment de mon arrivée à la maison-mère, notre vénérable sœur me fit dire ces paroles : « Pardonnez à la plus vieille de vos filles de ne pas aller à votre rencontre, mais ses jambes lui refusent le service. » Je me rendis aussitôt à sa chambre ; je la trouvai tremblante d'émotion. « Courage, me dit-elle, en serrant mes mains dans les siennes ; courage, ma chère Mère, le bon Dieu vous aime bien et il vous aidera. » Me voyant attendrie, elle pleura et ne put continuer de me parler. Le lendemain matin, elle me dit avec une inexprimable tendresse : « Oh ! ma chère Mère, je vous aime beaucoup, vous pouvez le croire ; mais le bon Dieu aussi vous aime bien ; croyez-le fermement.

— A quelles marques connaissez-vous que le bon Dieu m'aime, ma chère sœur Marie ?

— Ma Mère, c'est parce qu'il vous a confié ce qu'il a de plus cher : ses épouses ; ah! certes oui, il vous aime, et c'est lui-même qui vous a choisie.

— Ce que vous me dites-là, ma bonne sœur, est fort consolant, mais je sens qu'il a placé sur mes épaules un fardeau bien au-dessus de mes forces.

— Ma chère Mère, ne vous mettez pas en peine de cela ; le bon Dieu proportionne toujours les forces au fardeau qu'il impose. Ce qui doit faire votre consolation, c'est l'assurance qu'il vous aime beaucoup et qu'il vous a choisie. »

Plusieurs fois le jour, elle venait demander quelque obédience ou m'exprimer ses craintes au sujet de ma santé. Une fois entre autres, elle me trouva seule et assise sur ce même siége de paille qu'ont successivement occupé nos deux vénérées Supérieures ; s'apercevant que j'étais péniblement affectée, elle me dit avec un touchant intérêt : « Vous êtes souffrante, n'est-ce pas, ma chère Mère ? » La vue de cette vénérable sœur plus chargée encore de mérites que d'années, qui fut si longtemps l'appui, le conseil de nos saintes Mères, l'émule de leurs vertus, et dont le nom, pendant plus de cinquante ans, se trouve mêlé à toutes les œuvres de la Congrégation, m'attendrit et mes larmes coulèrent. Tendant alors vers moi ses mains tremblantes, elle me dit : « De grâce, ma chère Mère, qu'avez-vous donc ? » Ma bonne sœur Marie, lui répondis-je, lorsque je m'oriente dans cette chambre, et qu'aux souvenirs qu'elle me rappelle, vient se joindre la pensée du lourd fardeau qui m'a été imposé, je sens mon courage défaillir. Elle se rapprocha de moi, et, avec une expression dont le souvenir m'émeut encore, elle répondit : « Ma chère Mère, courage ! le bon Dieu vous aidera, si vous le laissez faire. Permettez-moi de vous dire que nos

Mères, dans toutes leurs peines, dans tous leurs embarras, se sont contentées de prier Dieu et de le laisser faire. Ne vous inquiétez donc pas; vous verrez que tout ira bien; nous vous serons bien soumises. » Elle se retira immédiatement, me laissant consolée et fortifiée.

Il m'a été dit qu'elle s'informait souvent si l'on veillait sur ma santé; et comme l'on n'avait qu'une réponse bien trop consolante à lui faire, elle joignait les mains et disait d'une voix émue : « O mon Dieu! conservez notre Mère, et dirigez-la dans toutes ses entreprises. » Vénérable Sœur, puisse ce dernier vœu avoir été entendu du ciel! je le conserve au fond de mon cœur comme une bénédiction et une douce espérance.

X.

Jusqu'ici, je vous ai montré notre vénérée sœur déployant, pour le bien de la Congrégation, toutes les ressources d'une nature que Dieu avait si richement douée. Vous comprenez que, dans cette verte vieillesse, il devait cependant y avoir une heure de déclin plus rapide et plus prononcée. Les années, en s'accumulant, finirent en effet par briser les forces du corps, émousser les facultés de l'esprit, et presque éteindre l'énergie de la volonté. Mais, chose remarquable, à mesure que l'activité extérieure diminuait, et que les mains débiles de notre chère sœur cédaient forcément à d'autres plus jeunes et plus vigoureuses le fardeau des affaires, le travail intérieur de l'âme devenait en quelque sorte plus actif ou du moins plus apparent. Il semble que les qualités qui distinguaient en elle *l'assistante* sont alors reléguées à l'arrière plan, pour faire ressortir davantage tout cet ensemble de vertus cachées qui font la parfaite religieuse. On ne saurait, sans doute, rien ajouter aux exemples qu'elle nous en avait donnés pendant sa longue carrière ; cependant il est vrai de dire, qu'à mesure qu'elle approchait du terme, sa foi vive, sa confiance inébranlable, son humble abnégation d'elle-même, l'ardent amour dont son âme était consumée pour Dieu, sa tendre et compatissante charité pour le prochain brillaient d'un éclat incomparablement plus doux. Le soir de cette vie si saintement remplie ressemble au soleil couchant d'une belle et sereine journée d'automne : on dirait que l'astre n'amortit l'ardeur dévorante de ses feux que pour nous permettre de contempler plus à l'aise la magnificence et l'éclat si pur de ses rayons.

Notre vénérée sœur Marie ayant atteint sa 79me année s'étonna plus que jamais de vivre encore. Comprenant elle-même combien ses facultés intellectuelles étaient affaiblies, elle demanda d'être déchargée d'un titre dont elle ne pouvait remplir les obligations, et qui, par conséquent, n'était pour elle qu'un honneur stérile et sans but. Effectivement, cette même année, notre révérende Mère appela près d'elle notre chère sœur Adelaïde pour faire les fonctions d'assistante. Cependant, sœur Marie ne fut, en réalité, ni démissionnaire, ni déposée. Ses fonctions cessèrent par le seul fait de l'impossibilité où elle se trouvait de les remplir ; c'est ce qui explique pourquoi elle se regarda toujours obligée de veiller à l'observance de la règle, reprenant avec une parfaite liberté celles qui s'oubliaient ; mais, jusqu'à la fin, elle enseigna la régularité plus encore par ses exemples que par ses paroles. Elle se traînait avec peine aux exercices et n'en voulait manquer aucun. Qu'il était touchant de voir cette vénérable ancienne hâter le pas afin d'arriver avec les autres ! Une fois rendue, elle était comme hors d'haleine, mais son cœur était satisfait ! Il ne fallait pas songer à porter, en sa présence, la moindre atteinte à l'esprit religieux. « La sœur N*** ne retourne plus à son poste, disait un jour une sœur comme par manière de conversation. — Eh bien, qu'avez-vous à dire, répond sœur Marie d'un ton qui rappelait l'assistante ? Les supérieurs ne sont-ils pas libres de faire tous les changements qui leur paraissent convenables ? Fermons les yeux et gardons le silence sur ce dont Dieu ne nous a pas chargées.» Cette sévère admonition s'adressait à une jeune sœur qui la reçut comme une leçon salutaire dont elle gardera longtemps le souvenir.

Ce langage révèle bien en sœur Marie ce grand esprit de foi qui l'élevait au-dessus des vicissitudes humaines, des impressions naturelles et de tous ces évènements qui ne se rattachent qu'à nos intérêts d'un jour. Comme elle n'envisageait les biens et les maux de la vie qu'à la clarté de cette divine lumière, elle ne les appréciait qu'en vue de l'éternité.

Vous avez vu quelle fut, dans sa jeunesse et plus tard, et toujours, sa foi ferme, profonde, inébranlable comme la parole de Dieu sur laquelle elle s'appuyait uniquement.

Dans ses instructions à la communauté, son esprit demeurait parfois comme accablé par la grandeur des vues qui lui étaient soudainement communiquées, et dans l'impossibilité de rendre sa pensée, elle s'écriait : « Oh ! que c'est beau ; oh ! que c'est grand ! Que l'éternité nous révèlera de belles choses ! »

Elle revenait ensuite à son sujet, et plus que jamais sa parole était vive, ardente, émue, quoique simple toujours, d'une remarquable précision, dépouillée d'ornements et d'images. L'estime qu'elle faisait des œuvres de notre sainte vocation, l'inclinait à insister tout particulièrement sur la nécessité de nous sacrifier à Dieu sans réserve, de n'agir que pour sa gloire et de mépriser souverainement tout ce que le monde appelle richesses, plaisirs, grandeurs. Il y avait alors dans son accent, dans son air, dans les expressions qu'elle employait cette ardeur surnaturelle, qui se puise dans l'oraison, et dont l'effet est bien au-dessus de celui que produit l'éloquence acquise par l'étude. D'ailleurs , sans s'en douter, la bonne sœur se dépeignait elle-même , telle que nous l'avons connue ; une seule ambition possédait réellement son cœur, un seul bien le remplissait : l'ambition de s'unir intimement à Dieu et le bonheur de pouvoir le faire connaître et aimer toujours davantage ; aussi sa volonté, dégagée de toute considération humaine , suivait-elle uniquement ce que lui suggérait sa conscience. Quant aux choses de la terre, elle en avait toujours trop.

Elle avait un éloignement prononcé pour tout ce qu'elle ne croyait pas en conformité avec la piété simple et unie que recommande la Règle, et ne craignait pas de le faire paraître , nous exhortant au contraire, à employer les moyens qu'elle indique pour faire des progrès dans la vertu solide ; et ces moyens suffisaient à son âme [si avide pourtant d'être à Dieu sans réserve. Toutes nos pratiques de piété lui étaient chères et elle s'en acquittait avec le même esprit de foi qui l'animait en tout ; il n'était pas jusqu'à un signe de croix qui ne révélât ce profond sentiment de son cœur : que de fois nous l'avons vue entrer dans une sainte indignation, lorsqu'elle s'apercevait que l'on faisait ce signe auguste négligemment ou que l'on récitait les prières avec précipitation ! Plusieurs personnes m'ont dit avoir reçu d'elle, à ce sujet, des réprimandes qu'il leur serait impossible d'oublier. Il n'est rien dans le culte sacré qui ne fût pour sa foi d'un prix infini ; la vue des cérémonies de l'Église la ravissait comme hors d'elle-même ; et cependant, dans une confidence intime, elle avouait qu'aux jours de fêtes solennelles , elle était ordinairement le plus travaillée de peines intérieures.

Quel respect pour la parole de Dieu , quelle sainte avidité pour l'entendre ! Elle la goûtait sous quelque forme qu'elle lui fût présentée ; néanmoins elle la savourait mieux lorsqu'elle la puisait à sa source même ; de là sa prédi-

lection marquée pour la lecture de l'ancien et du nouveau
Testament, pour les psaumes et les livres apostoliques.
Rechercher dans les discours et les livres de piété des
tournures agréables, des effets de style et d'harmonie
lui paraissait la marque certaine d'un esprit frivole ou
dominé par la vanité, et elle ne le dissimulait pas. « Que
M. N... a bien prêché! impossible d'entendre rien de plus
beau! » exclama, en sa présence, une sœur novice qui
venait d'entendre un prédicateur d'un talent distingué.
« O mon enfant, que vous êtes mondaine! répliqua sœur
Marie d'un air sévère ; sachez donc que la parole de
Dieu est toujours belle, mais qu'elle ne profite qu'aux
âmes humbles et dociles. »

De cette foi si ferme et si élevée découlaient, comme
de leur principe, ce respect religieux et cette soumission
invariable que nous avons si souvent admirés, à l'égard
de ses supérieurs. Les envisageant réellement comme les
représentants de Dieu sur la terre, leur pensée était
sa pensée, leur parole était sa parole, leur volonté
l'expression de la volonté divine. Quels que fussent ses
attraits ou ses répugnances, dès qu'ils avaient prononcé,
elle inclinait profondément la tête, en signe d'obéissance,
et tout était dit, et plus rien ne lui semblait pénible,
ni même impossible. Son entrée dans la Congrégation
ne fut-elle pas un acte héroïque de foi en cette parole
de Notre-Seigneur, touchant les ministres de son Église :
« Celui qui vous écoute, m'écoute ? »

Parmi les saints qui étaient l'objet de sa dévotion
spéciale, après la Vierge immaculée et le glorieux saint
Joseph, elle plaçait au premier rang les apôtres qui sont nos
premiers pères dans la foi, les docteurs qui l'ont défendue
par leurs écrits, mais surtout les martyrs qui l'ont scellée de
leur sang. Elle n'en parlait qu'avec enthousiasme et enviait
leurs souffrances et leur couronne. Un missionnaire, qui

avait passé plusieurs années en Afrique, vint nous demander
une colonie de sœurs pour Oran. Sœur Marie aurait volontiers accepté cette mission : « Quel bonheur, disait-elle,
d'aller instruire les Arabes, et surtout si nous étions trouvées
dignes de mourir martyres ! » De là encore, la part si vive
qu'elle prenait aux douleurs et aux triomphes de la sainte
Église, notre mère. A la fin d'une de ses retraites, elle s'offrit
à endurer, dans ce monde et dans l'autre, toutes les souffrances qu'il plairait à Dieu de lui envoyer afin d'obtenir à notre
saint-père le Pape, aux pasteurs chargées des âmes et aux
missionnaires, une abondante participation au zèle du cœur
de Notre-Seigneur.

De tous les mystères de la religion, celui qu'elle vénérait
davantage, vous l'avez déjà vu, c'est le mystère de l'eucharistie
que notre divin Sauveur appelle lui-même un mystère de foi.
Sur la fin de sa vie, il lui était plus difficile de dissimuler
les lumières que Dieu lui donnait sur ce sacrement, et de
cacher les transports qui parfois ravissaient son âme. Un
soir, dit celle de nos sœurs qui couchait dans sa chambre,
je m'approchai de notre sœur Marie ; elle était assise sur
son lit, le visage comme illuminé : « Voulez-vous boire, lui
demandai-je comme à l'ordinaire ? » A ma voix bien connue,
elle répond : « Ma sœur, venez voir, je vous en prie ; voyez
comme c'est beau », et elle m'indiquait du doigt un objet
que seule, hélas ! elle méritait de voir ; « oh ! que c'est beau,
répétait-elle sans se lasser ; que nous sommes heureuses !
le bon Dieu est là. O mon Dieu, que vous êtes beau, que vous
êtes bon ! vous êtes trop bon pour une pauvre misérable
comme je suis. » Cette pensée de sa misère parut la ramener
à elle-même ; elle me dit d'un ton presque suppliant: « Ma
sœur, je vous en prie, n'oubliez pas de m'éveiller demain
matin afin que je puisse faire la sainte communion à la
première messe. » Le lendemain, il ne fut pas nécessaire de
l'appeler : « Vîte, vîte, ma sœur, je vous en prie, s'écria-t-elle

longtemps avant l'heure, aidez-moi à me lever ; je n'en ai pas la force. — Ma chère sœur Marie, lui dis-je pour essayer de la distraire, vous me faites l'effet de ces pauvres qui crient à la porte des églises. — Oh ! c'est bien cela, je suis pauvre, très-pauvre ; c'est pourquoi je désire aller auprès de mon grand roi Jésus qui veut m'enrichir ; vous aussi, vous en avez besoin ; allons vite ! » Un peu avant la messe, je la conduisis à l'église ; mais nous n'étions pas à la porte que je sentis qu'elle s'affaissait : « Ma sœur, retournons, lui dis-je, il serait imprudent d'aller plus loin. - Si je ne puis marcher, reprit-elle, de grâce, traînez-moi ; je veux recevoir mon Jésus !» Et, en me répétant : « traînez-moi, » elle levait sur moi des yeux chargés de larmes. Mais à peine eut-elle aperçu l'autel que, par un effort suprême, elle s'élança, m'entraînant après elle. Pendant la messe, elle se tint constamment à genoux sans qu'il me fût possible de la faire asseoir. « Ma bonne sœur Marie, pardonnez-moi d'avoir exercé votre patience ce matin, » lui dis-je au retour de la messe. Elle garda un moment le silence, puis, croisant les mains sur sa poitrine, elle me dit avec une aimable bonté : « O ma sœur, que nous sommes heureuses de pouvoir nous approcher si souvent du bon Jésus ! Vous pouvez croire que la sainte communion est la source de l'humilité ; la meilleure préparation qu'on puisse y apporter, c'est encore la sainte humilité. Cherchez un autre mystère dans lequel Notre-Seigneur soit plus caché, plus anéanti que dans la sainte eucharistie ; oh ! quel amour ! un Dieu si grand, si puissant se faire *pain* afin de se donner en nourriture à de faibles mortels ! O mystère incompréhensible, mystère ravissant ! Ma sœur, nous sommes les enfants gâtées de Notre-Seigneur ; aimons-le donc bien pour ceux qui ne l'aiment pas et qui l'outragent. Prions pour ces pauvres pécheurs qui sont si à plaindre ; par état aussi bien que par reconnaissance, nous devons dédommager notre

bon Sauveur de tout ce que lui font souffrir les pécheurs.
Oh! si nous pouvions nous faire une idée de la peine
que lui fait éprouver l'ingratitude des hommes, nous se-
rions toujours en immolation et en actions de grâces. »
Depuis plusieurs années, la sainte eucharistie était le
sujet habituel des méditations de notre vénérée sœur.
Ayant lu dans le petit opuscule : *La sainte communion,
c'est ma vie*, ces paroles : *Pour s'unir à Jésus victime,
il faut être victime avec lui :* « Seigneur, s'écria-t-elle,
qu'avec vous je sois victime pour les pauvres pécheurs;
ils sont plus à plaindre que les âmes du purgatoire ; ces
dernières vous aiment et sont assurées de ne plus vous
offenser; mais les pécheurs, qu'ils sont à plaindre ! Oh!
que voulez-vous que je fasse pour eux ? dites-le moi,
Seigneur, par la voix de mes supérieurs; en vous voyant
vous immoler des millions de fois chaque jour pour vos
pauvres créatures, je sens le besoin de faire au moins
quelque chose pour vous; dites, mon Dieu, ce que vous
voulez de moi; oh! qu'il m'est pénible de ne pouvoir
répondre à votre amour comme je le désire ! »

La sainte communion était, depuis un grand nombre d'années, l'aliment quotidien de son âme, et chaque jour, cette
sainte action lui semblait nouvelle. Elle ne la fit jamais par
habitude. Rien ne prouve mieux que la faim qu'elle avait
de ce pain sacré était surnaturelle que le calme et la
paix avec lesquels elle en supportait la privation, quoique
cette privation lui fît endurer une espèce de martyre.
« Notre-Seigneur connaît mon désir de le recevoir; il
sait bien que je suis là, » disait-elle ; mais pas un mur-
mure, pas une plainte ne passait sur ses lèvres. « Que
doit-on penser, l'entendîmes-nous s'écrier une autre fois,
en voyant une vieille radoteuse comme moi s'approcher
si fréquemment de la sainte table? Peut-être M. l'Aumônier a-t-il quelque peine à me le permettre, quoiqu'il ne

dise rien, de peur de m'affliger : il est si bon ! Cependant, si j'étais sûre qu'il en fût ainsi, et si je devais scandaliser quelqu'un, je serais la première à demander de communier moins souvent. » Pour la tranquilliser, il fallait lui rappeler, qu'en cela, elle ne faisait qu'obéir. La première fois qu'on lui proposa de lui apporter la sainte communion dans sa chambre, elle répondit vivement : « Non, non, je ne saurais consentir à ce que Notre-Seigneur vienne me chercher jusqu'ici ; c'est bien assez qu'il daigne s'abaisser jusqu'à venir dans mon cœur. » Notre vénérée Mère dut imposer sa douce autorité ; mais alors, notre sœur Marie ne sut plus que répondre : « Tout ce que vous voudrez, ma chère Mère ; il est si doux d'obéir ! » Et ne songeant plus qu'au bonheur de recevoir son bien-aimé, elle commença immédiatement sa préparation à haute voix : « Aujourd'hui, ô mon tout bon Jésus, vous ne vous contenterez donc pas de vous abîmer dans mon pauvre cœur, vous allez venir me trouver dans cette chambre ; eh bien, oui, venez, puisque tel est votre bon plaisir ; je vous demande pardon de m'y être d'abord refusée. Oh ! venez vîte, bien vîte, ô très-aimable Sauveur ; je vous aime, je vous désire, venez, venez ; je vous appelle de toutes mes forces ; avancez, venez vers cette misérable échappée des enfers ; venez montrer votre miséricorde, signaler votre amour en vous rendant propice à ses vœux ; pardonnez-lui d'avoir autrefois aimé les créatures au préjudice de votre seul amour. Aujourd'hui, je le sens, cet amour règne seul en moi ; c'est trop, c'est trop de miséricorde ; mais c'est ainsi que vous savez vous venger, ô Dieu infiniment bon ! »

Plusieurs fois le jour, elle faisait la communion spirituelle, mais c'était moins une prière souvent répétée que l'expression de l'état habituel de son âme aspirant, avec une ardeur toujours croissante, à consommer son union avec Dieu. De là venait le fréquent usage qu'elle faisait de ces belles paroles : *Dieu seul, Dieu-seul !* Elle ne se lassait pas de les redire, elle en parfumait sa correspondance spirituelle ; elle les appelait le résumé de tous les conseils de perfection et la source des vraies consolations. « O abandon constant et universel à Dieu, ô dépouillement entier de tout ce qui est créé, que vous renfermez de délices ! si vous étiez bien compris, la terre deviendrait un ciel. Allons, ma chère sœur, que Dieu soit le centre où tendent notre regard unique, notre pensée unique, notre affection unique. Nous ne parviendrons à l'union divine que par le mépris de nous-mêmes et de tout le créé. — A mesure que nous avançons vers l'éternité, nous devons redoubler d'ardeur pour tendre à notre centre ; Dieu seul, Dieu seul ! Je vous souhaite un grand accroissement de tendance vers le grand Tout ; demandez-le pour moi, votre aînée de huit ans, qui vois ma tombe toujours ouverte et me laisse encore pourtant surmonter par les affaires extérieures. Oh ! quand serons-nous délivrées du lourd fardeau de notre vie terrestre ! Quand se brisera cette lourde chaîne qui nous retient captives loin de notre unique bien ! Oh ! si l'on me disait : il n'y a plus qu'un anneau à rompre, j'aurais bien de la peine à contenir ma joie. »

Se livrer à la grâce, s'abandonner tout entière entre les mains de Dieu ; tel fut l'attrait le plus constant de son âme : « Si j'ai fait quelque bien, dit-elle dans ses mémoires, ce n'est qu'en vue du bon plaisir divin ; je ne connaissais encore aucune vertu, et cependant je comprenais clairement que rien n'est plus juste que de se soumettre à Dieu, et aucun sacrifice ne me paraissait difficile, avec le secours de la grâce, dès que la volonté divine m'était manifestée, et si j'ai le bonheur d'aller au ciel, j'aurai à bénir éternellement le Seigneur de cet attrait. » Dans une grave maladie qu'elle fit en 1856, elle disait à notre révérende Mère : « Il me semble que j'ai fait pour Dieu tout ce que j'ai pu ; je m'abandonne à sa miséricorde ; qu'il m'appelle quand il voudra, je suis prête à partir. » La dernière fois que notre vénérée sœur écrivit ses résolutions à la suite de sa retraite annuelle, elle traça d'une main tremblante ces lignes : « Je trouve le calme dans l'abandon constant à la conduite de la divine Providence ; ainsi, me soumettre toujours à la règle, aux supérieurs, aux événements providentiels, voilà ma résolution que je dépose aux pieds de Marie, ma bonne mère, pour qu'elle la bénisse et m'obtienne la grâce d'y être fidèle. »

Elle ne pouvait supporter dans les âmes ces défaillances, ces découragements, fruits de l'amour-propre et de la pusillanimité. « Que craignez-vous en approchant de Dieu, disait-elle ? est-ce la vue de vos fautes qui vous décourage ? Mais comment se conduit un enfant lorsqu'il a fait de la peine à son père ? Il se jette entre ses bras, lui témoigne son repentir, lui promet de mieux faire, et le cœur de ce bon père s'attendrit, et ne sait plus que pardonner et bénir cet enfant. Ainsi fait notre Dieu, le plus tendre des pères.

— Vous n'osez pas dire à Dieu que vous l'aimez par-dessus toutes choses, disait-elle à une autre, dans la crainte que vos actions démentent vos paroles ; et moi, je vous engage à faire de fréquents actes d'amour de Dieu. » Une autre fois, s'entretenant avec celles qui l'entouraient du bonheur du ciel et de son désir d'y aller bientôt, une sœur lui dit qu'elle craignait bien de ne pas mériter ce bonheur : « Ah ! reprit aussitôt sœur Marie, vous ne comptez donc pas sur Notre-Seigneur? il est si bon, il a tant fait pour nous ! Quant à moi, je ne regarde pas mes œuvres ; mais je me confie en lui. »

Dans une autre circonstance, M. le Supérieur l'exhortait à la confiance en Dieu : « Je vous en prie, M. le Supérieur, lui dit-elle, ne vous fatiguez pas à m'exciter à la confiance ; loin d'en manquer, mon cœur en déborde. Dieu s'est montré si bon à mon égard ! »

De ce sentiment si vif et si profond lui venait ce sang-froid qu'elle montra dans les périls, cette fermeté d'âme à travers les mille vicissitudes d'une longue et laborieuse carrière, et sa confiance en la divine Providence, d'autant plus grande que les appuis humains lui manquaient davantage. A l'exemple de notre V. Fondatrice, elle compta toujours sur le succès d'une bonne œuvre, hérissée de difficultés, et dont Dieu seul était le soutien. C'est ainsi qu'elle traversa la vie, le cœur toujours fixé en Dieu, le regard toujours tourné vers le ciel.

A cette foi invincible, à cette confiance inébranlable se joignait un amour de Dieu fort, humble, généreux, désintéressé surtout; un amour qui, en la faisant vivre toute abandonnée à la volonté divine, la tenait dans un continuel abaissement d'elle-même et lui faisait savourer les fruits précieux de la croix : « Je comprends, écrivait-elle confidentiellement en 1847, mieux que je ne l'avais compris que l'humiliation et la souffrance sont de vrais trésors pour un chrétien, mais surtout pour une aussi grande pécheresse que moi. Je goûte le bonheur de souffrir ; c'est là sûrement faire la volonté de Dieu, et mon âme se trouve si bien d'avoir souffert, qu'elle se nourrit délicieusement des fruits de la souffrance. Les douceurs spirituelles dans un cœur aussi mauvais, aussi faible que le mien servent souvent d'aliment à l'amour-propre, tandis que les souffrances enfantent la connaissance de soi-même et l'humilité. » Telles étaient la pureté et l'élévation de son amour pour Dieu, que non seulement elle se mettait peu en souci des consolations et des récompenses de l'amour, mais elle désirait pouvoir s'anéantir totalement pour exalter le Bien-Aimé. Laissons-la nous révéler elle-même cette disposition admirable de son âme dans la lettre suivante qu'elle écrivait à son directeur : « Une religieuse très-imparfaite, résistant très-souvent à la grâce qui la presse sans cesse, tout occupée d'affaires temporelles et s'y livrant avec toute l'impétuosité de son caractère, ne doit-elle pas

craindre qu'il n'y ait de l'illusion dans ses dispositions inté-
res que voici ?

« Lorsqu'elle pense à la gloire, au bonheur que Dieu
réserve aux élus dans le ciel, l'idée de la récompense la
repousse, et elle dit aussi fortement que sincèrement : Non,
mille fois non, mon Dieu, rien de tout cela ! Si, dans
ma misérable vie, il y a quelque œuvre qui, faite en
correspondance de votre grâce, ait pu vous plaire, avoir
quelque mérite, je vous supplie de l'appliquer aux pauvres
pécheurs, pour leur salut ; je ne me réserve absolument rien
de tout ce que votre volonté peut laisser à ma disposition.
Ainsi, que je sois dans le ciel au dernier rang, que j'y entre
après tous les autres élus, que je reste dans le purgatoire
aussi longtemps que Notre-Seigneur voudra, que mes
souffrances surpassent celles de toutes les autres âmes, si
par là, je puis être utile au salut de quelques pécheurs, ah !
quel bonheur ! Je désire le salut de toutes les âmes, quelque
inconnues qu'elles me soient, dussé-je ignorer toute l'éternité que je leur ai été utile. Ce désir m'est habituellement
présent dans mes prières, mes oraisons, et toujours avec la
même vivacité ; il se changerait en tourment insupportable,
si l'amour immense de Jésus pour les âmes et le désir qu'il
a de leur salut ne l'adoucissait : « Seigneur, ayez pitié des
pécheurs, et que je sois la dernière heureuse » ; voilà le cri
habituel de mon âme. Cette disposition est fondée sur le
souvenir de mes inombrables offenses, et si, comme je le
demande et l'espère fermement, Dieu daigne me faire
miséricorde, je me sens bien forte à demander le salut des
autres pécheurs. Une tristesse infinie m'oppresse quand je
sens qu'une aussi mauvaise créature que moi aura le bonheur
de posséder Dieu, et qu'il s'en perdra un grand nombre qui
l'ont beaucoup moins offensé. Je crains qu'il n'y ait de l'illusion
à repousser ainsi ma propre félicité pour accroître la gloire
de Dieu et le salut des pécheurs ; cette disposition est

peut-être l'effet d'une compassion toute naturelle ou de la crainte excessive que m'inspire la pensée d'une éternité de malheur. » Par un acte aussi héroïque, l'attrait de dévouement de notre vénérée sœur pour le prochain devait être bien satisfait !

Peu avant d'être nommé à l'archevêché de Tours, Mgr Guibert, daignant honorer de sa visite notre digne sœur Marie qui était alors gravement malade, lui dit : « Ma chère sœur, lorsque j'apprendrai que Dieu vous aura appelée à lui, ma première messe sera pour vous.

— Vous êtes mille fois trop bon, Monseigneur, répondit la vertueuse malade, mais que Votre Grandeur veuille bien offrir cette messe pour la conversion des pécheurs.

— Ma sœur, la gloire de Dieu se trouve aussi à ce que les âmes du purgatoire aillent le louer dans le ciel.

— Eh bien, Monseigneur, vous ferez donc ce que vous verrez être plus agréable à Dieu, et si mes prières ont quelque pouvoir, Votre Grandeur en éprouvera bientôt les effets. » Nous avons la confiance que notre vénérée sœur a tenu sa promesse aussi fidèlement que l'illustre prélat a rempli la sienne.

En 1852, notre respectable sœur fut atteinte d'une fluxion de poitrine qui la conduisit aux portes du tombeau. Après une neuvaine qu'elle fit au R. Père de Bussy, mort au Puy en odeur de sainteté, elle fut presque instantanément rendue à la santé. Dans l'attestation qu'elle a faite de sa guérison, je lis : « Pour obéir à ma supérieure, je demandais la santé à ce bon Père, mais je me sentais bien plus portée à demander de participer à son zèle si pur, si ardent pour la gloire de Dieu. Il me semble que j'ai été exaucée ; du moins, j'ai obtenu un très-grand désir de l'être. »

Si nous mettons en regard des sentiments si généreux, si désintéressés de cette chère sœur, son dégoût de la vie, ses impatiences d'éternité qui l'ont tourmentée durant tant d'années et qui, suivant sa propre expression, la faisaient languir nuit et jour, nous pouvons dire que son amour pour Dieu était sublime dans son héroïsme. Cet amour si fort, si ardent s'alliait cependant en elle à une piété tendre, simple, presque naïve. S'unir à l'esprit de l'Église dans les différents mystères qu'elle célèbre, s'attacher à pénétrer le sens de ses augustes cérémonies ; voilà ce qui en faisait le fond et l'aliment. Les perfections divines, les merveilles de la création, les luttes et les triomphes de la sainte Église, les devoirs et les avantages de notre sainte vocation étaient les sujets habituels de ses entretiens familiers avec nos sœurs.

XI.

Ce qu'il y avait de plus particulièrement admirable dans notre vénérée sœur, c'est qu'en elle l'humilité égalait l'amour, ou plutôt l'un fut le prix de l'autre. A mesure que, sortant d'elle-même par l'abnégation, elle faisait le vide dans son âme, l'amour divin s'en emparait, et, vainqueur de tous les obstacles, bientôt il y régna en souverain. « Longtemps, disait-elle un jour à Notre-Seigneur, trop longtemps l'amour des créatures et de moi-même vous a disputé mon cœur ; mais aujourd'hui, je le sens, je ne vis que pour vous seul. »

La lecture de ses écrits confidentiels vous a montré dans quel état habituel d'humiliation intérieure elle se tenait devant Dieu ; avec quelle candeur, quelle sincérité elle avouait ses fautes, découvrait ses tentations et ses peines, et vous avez été témoin comment cette disposition se traduisait dans tous ses actes. Les détails que vous m'avez transmis à ce sujet, mes chères filles, me sont une preuve de l'admiration que vous inspirait cette vénérable sœur, jusqu'aux derniers jours de sa longue carrière religieuse, aussi soumise, aussi docile qu'une jeune novice. Jamais on ne la vit se prévaloir des avantages qu'elle tenait du côté de la naissance, de ses talents ou de ses succès. Dans ses instructions, elle se plaisait à rappeler les commencements de la Congrégation, les travaux de notre V. Fondatrice, les privations et les souffrances de nos premières sœurs, mais le plus souvent, elle omettait la part qu'elle y avait prise elle-même. Son zèle si ferme, si énergique ne fut jamais séparé de la modestie et de l'humilité ; dans l'exercice de ses fonctions, point de mesures arbitraires, d'expressions qui sentissent la hauteur ou l'absolutisme du commandement. Avait-elle à donner un avis à la communauté ou une défense à faire, elle se servait ordinairement de cette formule ou autre semblable : *de la part de notre Mère...; c'est l'intention de notre Mère*. En dehors de ses fonctions, elle se rangeait avec une aimable condescendance aux désirs de ses sœurs, en tout ce qui n'était pas opposé au devoir. Les occasions de s'humilier lui paraissaient une bonne fortune qu'elle se gardait bien de laisser échapper. Dans son empressement, au contraire, à les saisir, elle y apportait la même énergie qu'en tout le reste.

Une dame venait visiter, pour la première fois, la maison-mère : notre vénérable sœur fut désignée pour aller la recevoir au parloir : « Ma sœur, quel est votre emploi, lui demande cette dame ? » « Je fais quelques commissions pour notre Mère, » répond-elle modestement. Puis, s'apercevant que cette dame avait la gorge très-découverte, elle lui dit avec une humble dignité : « Madame, avant de parcourir la maison, veuillez ajuster votre châle. » Celle-ci, confuse et embarrassée, s'empresse de passer son mouchoir de poche en sautoir. En se retirant, elle dit à notre sœur portière : « Vous avez là une femme d'un esprit supérieur ; elle m'a donné une leçon dont je garderai longtemps le souvenir. »

Dans une grave maladie qui fit craindre pour ses jours, notre chère sœur voulut, avant de recevoir l'extrême-onction, adresser quelques paroles à celles qui l'entouraient : « Je vous demande pardon, leur dit-elle, de tous les mauvais exemples que je vous ai donnés par mon orgueil, mon impatience et mon empressement ; je suis bien fâchée de la peine que je puis vous avoir causée ; j'aime cependant toutes mes sœurs, oui toutes, ét de tout mon cœur. »

Cette profonde humilité que nous admirions dans toute la conduite de la vénérable assistante se révèle à chaque page de sa volumineuse correspondance ; il n'est presque aucune des lettres qu'elle a écrites aux sœurs où nous n'eussions à relever, pour notre commune édification, un passage tel que celui-ci : « Priez beaucoup pour votre vieille sœur Marie qui malédifie sans cesse la communauté et ne montre que lâcheté, faiblesse et recherche d'elle-même, lorsqu'elle ne devrait songer qu'à expier les innombrables péchés de sa longue vie. »

A la retraite générale de 1862, notre révérende Mère l'engagea à adresser quelques paroles d'édification à la communauté réunie ; ce qu'elle fit volontiers, mais au profit de l'humilité : « Mes chères sœurs, soyez plus sages que je ne l'ai été ; ne travaillez que pour la plus grande gloire de Dieu, afin que lorsque vous serez, comme moi, sur le bord de la tombe, vous n'ayez pas le regret d'avoir perdu la moitié de votre temps. » Notre vénérée Mère l'ayant ensuite prié de bénir la communauté, l'humble sœur s'en défendit d'abord puis, cédant à l'obéissance, elle leva sur ses sœurs respectueusement inclinées une main tremblante d'émotion, en disant: « Que Jésus et Marie nous bénissent et nous réunissent toutes au ciel. Priez Dieu qu'il me fasse miséricorde à l'heure de ma mort. Hélas ! mes sœurs, j'ai à rendre compte d'une vie de 82 ans ! » Sa vieillesse, qui était pour nous le sujet d'une si grande joie, la vénérable assistante s'en faisait un nouveau motif d'humiliation. Près d'un siècle de travaux et de vertus lui paraissait si peu digne de la récompense éternelle, qu'elle répétait en toute rencontre : « Si Dieu me laisse sur la terre, c'est que je n'ai pas encore commencé ma couronne. » Et, lorsque dans les fêtes de famille, nos sœurs et leurs élèves parlaient du nombre de ses années comme d'une bénédiction du ciel, elle les interrompait pour dire : « Je ne suis qu'un embarras de plus. Dieu me laisse pour exercer la patience et la charité de mes sœurs, » et autres paroles semblables. Un jour, c'était la veille de saint Arsène et de saint Vincent de Paul, M. l'Aumônier, dans un entretien familier, exhortant la communauté réunie à prier pour la conservation de notre vénérée Mère, alors absente, ajouta : « Nous ne séparerons point dans nos prières ce que le bon Dieu a si bien uni : nous prierons donc aussi pour la bonne sœur Marie, une des plus fermes colonnes de la Congrégation. » Celle-ci se tournant vivement : « Jusqu'ici, Monsieur, dit-elle, vous aviez très-bien parlé ; maintenant, vous gâtez tout ; la pauvre vieille n'a besoin que de la grâce d'une bonne mort. » Elle disait quelquefois aux sœurs chargées de préparer nos petites fêtes de famille : « Si vous ne parlez pas de moi dans vos compliments, je vous promets une communion. »

Le plus rare esprit de simplicité et de mortification achevait dans sœur Marie l'œuvre commencée par l'humilité. Elle avait peine à comprendre qu'une âme consacrée à Dieu pût se laisser prendre au piége de la vanité ; c'est qu'en effet, dans sa grande âme, il n'y avait pas de place pour une si petite passion. Elle ne s'apercevait même pas si les vêtements qu'elle portait étaient neufs ou usés, et il fallait avoir la précaution de les remplacer, pour ne pas l'exposer à manquer des objets

les plus nécessaires, car elle n'y eût pas songé elle-même :
« Avant mon départ, écrivait-elle un jour à notre V. mère
Rivier, on avait eu la charité de renouveler mon trousseau,
et vous me recommandâtes de le bien soigner ; il me semble
que j'ai été obéissante. J'ai trouvé dans ma malle deux paires
de souliers : jamais je n'avais été si élégante ; mais voilà
qu'ils se ressemblent si bien que, durant plusieurs jours,
j'en ai porté un de chaque paire, et hier, lorsque je voulus
aller rendre visite à M. le Préfet, je mis mon *plus lustré*, mais
je portais un soulier noir et l'autre gris. Nos sœurs rirent
beaucoup à mes dépens ; ce qui me fit dire, ma chère Mère,
que tant que je vivrai, vous aurez une fille *mal lustrée.* »

Elle repoussait de nos maisons, avec une inflexible sévérité, tout ce qui sentait le uxe, la recherche des aises et des
commodités de la vie ; elle ne pouvait souffrir dans les
personnes religieuses, les prétentions, les airs maniérés ni
rien de ce qui respire l'esprit du monde. A peine avait-elle
abordé ce sujet dans ses instructions, qu'on la voyait s'animer,
et elle trouvait, pour flétrir ces puérilités, doublement ridicules
dans les personnes de notre état, les expressions les plus
piquantes, les plus originales, je ne sais quel air, quel accent
inimitable propres à en inspirer un souverain mépris. L'esprit
de simplicité qu'elle voyait dans les autres exerçait sur elle
une espèce de charme irrésistible : « Si vous aimez la
simplicité, disait-elle à une sœur, moi, je vous chéris de
tout mon cœur. A celles qui sont franches et simples, je suis
disposée à pardonner *douze sottises.* »

Par l'ardeur de sa piété autant que par la force de son
tempérament, notre vénérée sœur eût été portée aux
austérités corporelles. Si l'obéissance ne lui permit pas de
suivre en cela son attrait, elle y suppléa par ces mortifications
simples, communes, qui, pratiquées avec courage, surtout
avec constance, brisent la nature plus complètement et plus
vite peut-être que les disciplines et les haires. Extrêmement

dure à elle-même, elle avait en horreur tout ce qui peut flatter le corps ou contenter la curiosité ; mais telle était son adresse à dissimuler sa mortification, qu'il fallait la suivre de bien près pour s'en apercevoir, et elle rougissait alors comme une jeune fille qui reçoit un reproche. Une sœur lui donna, par mégarde, de la lessive au lieu d'une tisane qui lui avait été ordonnée ; elle en but jusqu'à trois fois sans mot dire. L'erreur étant découverte bientôt après, l'infirmière accourt, et lui dit, les larmes aux yeux : « Est-il possible, ma bonne sœur Marie, que vous ayez bu trois tasses de lessive ? — Calmez-vous, ma chère sœur, j'en aurais refusé une quatrième, » répond sœur Marie d'un air presque déconcerté.

Dans les dernières années, le désir de prolonger la belle vieillesse de son assistante et de conserver à la Congrégation, comme un gage de prospérité, sa présence bénie, porta notre vénérée mère Arsène à l'entourer de soins délicats et empressés qui adoucissaient, contre son gré, les privations de la vie commune, et lui imposaient des exemptions de la règle qui contrariaient sa ferveur. Ainsi, on lui interdit le réfectoire pour lui faire donner la nourriture plus substantielle des infirmes ; on la dispensa de descendre à la salle de communauté et d'assister à la méditation commune, afin de lui donner plus de sommeil et de la préserver du froid. Notre respectable sœur se soumit sans murmurer, mais elle laissa comprendre que ces dispenses lui étaient pénibles. Ces privations lui devinrent plus sensibles encore sur la fin de sa vie, lorsqu'une sœur dut rester auprès d'elle pendant les exercices réguliers : « Si le bon Dieu ne comptait pas tout, lui disait-elle souvent les larmes aux yeux, je ne me consolerais jamais de vous causer tant de privations. » Sans cesse, elle demandait de suivre la communauté, mais on espérait prolonger sa vie par son obéissance.

Une charité tendre et généreuse complétait et couronnait ce bel ensemble de vertus. La charité ! vous l'avez dit avant moi, mes filles ; ce fut le trait caractéristique de notre vénérée sœur. Elle avait un sentiment vif et profond de cette union cordiale qui doit exister entre tous les membres d'une communauté religieuse. Cette belle parole du chapitre fondamental de nos règles : « Les sœurs se rappelleront qu'elles ne forment qu'une même famille dont Jésus-Christ est le chef, » revenait fréquemment dans ses instructions, et alors, plus que jamais, sa bouche parlait de l'abondance de son cœur. Aussi, quand ses facultés intellectuelles, affaiblies par l'âge, ne lui permettaient plus de coordonner ses idées, quand les expressions ne lui venaient pas, quand son exhortation languissait, elle se ranimait toujours par ces chères paroles : « Mes sœurs, conservons la charité ; conservons-la jusqu'à la mort ! »

Comme ses autres vertus, la charité de notre vénérée sœur avait son principe dans sa foi vive et ardente ; de là, ce mélange de générosité, de force et de tendresse qui en formait le caractère, difficile à rendre, mais qu'il était impossible de ne pas admirer. Prête à se laisser brûler vive, comme elle le disait elle-même, plutôt que de tolérer un abus, de transiger avec sa conscience, elle était prête aussi à donner son sang et plus encore, pour le bonheur de ses sœurs, et, en attendant, elle leur donnait tout son cœur pour compatir à leurs peines et les soulager. Chose remarquable ! malgré sa franchise si peu soucieuse de la délicatesse des formes pourvu que le but fût atteint, notre chère sœur n'a jamais blessé personne en remplissant l'obligation la plus délicate de sa charge ; celle d'avertir ses sœurs de leurs défauts ou de leurs infractions aux observances ; alors même qu'elle ménageait moins l'amour-propre, il était comme impossible de n'être pas convaincu que la droiture et la charité dictaient ses paroles, réglaient ses mesures et ses actes, et l'on ne se retirait d'auprès d'elle que pénétré d'une nouvelle estime pour sa vertu et animé

du désir de profiter de ses avis ou de ses corrections.
D'ailleurs, celle qui reprenait en face avec tant de franchise,
n'avait jamais pour les absents que des paroles d'éloge ou au
moins d'excuses et de compassion. Il en est, sans doute,
plusieurs d'entre vous qui se sont trouvées dans le même
cas que celle de nos sœurs qui m'écrivait les lignes suivantes :
« Je suis redevable, en grande partie, à notre chère sœur Marie d'avoir persévéré dans ma vocation. Notre V. mère Rivier,
à qui ma légèreté et mon inconstance naturelle donnaient
de sérieuses craintes, remettait d'une époque à l'autre ma
profession religieuse. Découragée moi-même de tous ces
délais, j'aurais, sans doute, fini par quitter la Congrégation,
sans l'indulgente bonté de sœur Marie. Elle savait toujours
trouver quelques prétextes pour excuser mes étourderies et
faisait valoir auprès de notre V. Fondatrice les moindres
efforts que je faisais pour me corriger. J'ai su, plus tard, que
lorsque le moment fut venu de prendre un parti décisif à
mon sujet, la digne assistante se porta pour ma caution, et
je fus agrégée à sa prière. Il me serait impossible de rapporter
tous les traits de bonté qu'elle m'a témoignés depuis ; mais
jamais elle n'a fait allusion au service qu'elle m'avait rendu
alors, et lorsque je lui en témoignais ma reconnaissance,
elle paraissait l'avoir oublié. »

Dès les premières années de sa vie religieuse, sœur Marie
avait écrit dans son livre de résolutions : « La charité est la
vertu que Dieu demande de moi d'une manière spéciale : » et
telle est la perfection avec laquelle elle a répondu à cet appel
divin que, pour énumérer ses actes de charité, il faudrait
les compter par les jours qu'elle a passés au milieu de nous.

C'est surtout à l'époque des retraites générales que paraissait dans tout son dévouement, et je ne crains pas de le dire,
dans toute sa délicatesse, la charité de la digne assistante
pour ses sœurs. Après les avoir cordialement embrassées,
elle s'informait aussitôt de l'état de leur santé ; les trouvait-

9

elle pâles et amaigries, elle n'avait pas de repos jusqu'à ce qu'elle se fût assurée que le médecin avait été consulté et que les sœurs infirmières s'étaient chargées de faire exécuter ses prescriptions. Elle se plaisait à suggérer aux sœurs, dans les plus petits détails, les précautious qu'elles devaient prendre, eu égard à leur constitution, à leur âge ou à leurs travaux, pour maintenir leur santé ou prévenir les fatigues de tête ou de poitrine dans l'exercice de leurs fonctions.

« Soyez bien prudentes, leur disait-elle, et pensez que votre santé n'est plus à vous, mais à la Congrégation et aux âmes. » En allouant les cahiers de recette et de dépense des sœurs directrices, elle s'assurait tout d'abord si le chiffre des dépenses n'était pas trop faible, vu le personnel de l'établissement, et, à cet égard, elle exigeait un compte-rendu le plus détaillé, le plus minutieux même. Durant quarante ans qu'elle resta en charge, sa sollicitude, qui s'étendait sans acception à tous les membres de la famille, ne s'est jamais trouvée en défaut, et il serait plus vrai de dire qu'elle eût préféré porter dix fois les soins et les exemptions au-delà de la nécessité que de rester en-deçà une seule fois. Mais aussi, elle était inexorable pour les fautes contre la charité. Une sœur s'accusait-elle, au chapitre, d'avoir manqué à cette vertu, même en matière légère, elle lui disait aussitôt : « Ma sœur, je ne me charge pas de cette faute ; avant de faire la sainte communion, vous irez l'avouer à notre Mère. »

Parlant du ciel avec une sœur, elle lui fit cette question : « Savez-vous pourquoi on est si heureux dans le paradis ?
— Parce qu'on y voit le bon Dieu, la Sainte-Vierge, les anges et les saints, répond celle qui était interrogée.

— Sans doute, reprend notre vénérée sœur, mais ce qui complète le bonheur des saints, c'est la charité. Oh ! comme les saints s'aiment ! ils n'ont qu'un cœur et qu'une âme ; aussi une communauté où règne la charité est une image du paradis. »

XII.

La vieillesse qui, d'ordinaire, rend les caractères chagrins, exigeants, difficiles, ne produisit en notre vénérable sœur Marie que des fruits de douceur, de mansuétude et d'amabilité. Elle se peignait elle-même avec beaucoup de grâce, sans s'en douter, lorsqu'elle écrivait dans une de ses lettres : « Il est donné aux vieilles du temps passé de s'aimer plus tendrement en Dieu qu'on ne le sait faire dans ce siècle frivole. Ainsi la réunion des vieilles a quelque chose de plus cordial, de plus gai même que celle de nos jeunettes. Consolons-nous donc d'être vieilles, et tâchons d'aimer Dieu si généreusement qu'aucune ne nous puisse surpasser. Amen. » Aussi la visitait-on avec plaisir, la quittait-on à regret, et jamais sans emporter quelques paroles d'édification, quelques témoignages de bonté. Les élèves même couraient à sa rencontre, lui prodiguaient toutes les marques d'un affectueux respect, l'assurant qu'elles priaient Dieu pour sa conservation ; ce qui provoquait toujours de la part de notre vénérée sœur des saillies aimables qui lui étaient si naturelles. Les plus jeunes étaient, pour l'ordinaire, les plus empressées : « Allons, se disaient-elles, allons faire un baiser à sœur Marie ; elle ira bientôt au ciel, et nous pourrons dire que, dans notre vie, nous avons embrassé une sainte. » Elle se laissait faire. La vue de ces chères enfants semblait la rajeunir ; elle trouvait dans son cœur un mot agréable pour chacune, et dans sa piété, un conseil utile à toutes.

Parfois, dans son état d'enfance, se croyant en voyage, elle disait à nos sœurs : « Que nous sommes bien dans cet hôtel ! Jamais nous ne pourrons assez récompenser la charité de ces bonnes filles qni nous servent avec tant de zèle. Donnons-leur tout l'argent qui nous reste ;. notre Mère ne le désapprouvera pas, et cet acte de charité attirera la bénédiction du ciel sur la Congrégation. » S'adressant ensuite tantôt à une infirmière, tantôt à une malade, elle lui disait avec un tendre intérêt : « Si vous avez besoin de quelque chose, dites-le moi sans crainte, je serai heureuse de vous soulager ; nous partagerons tout ce que l'on me donne. » D'autres fois, faisant deux parts de ce qui était sur son assiette : « Voilà, disait-elle, pour donner aux pauvres ; il y en a tant qui manquent du nécessaire ! » Ne pouvant plus apprécier par elle-même les soins prodigués à nos sœurs infirmes, il était comme impossible de la tranquilliser à ce sujet ; dix fois le jour, elle interrogeait l'une ou l'autre, et encore son anxiété ne cessait pas. Que de fois, on la vit arrêter nos jeunes sœurs, pour leur demander si elles n'étaient pas souffrantes ! Puis, les prenant par la main, elle les conduisait à l'infirmière : « Je vous confie cette sœur, disait-elle avec vivacité ; voyez comme elle est pâle ; si elle ne se remet pas, vous m'en répondrez. » A un âge où trop souvent l'on ne songe qu'à soi et à ses propres besoins, cette vénérable sœur qui s'abandonnait, pour tout ce qui la concernait, avec une docilité toute enfantine à celle qui la servait, était en continuelle sollicitude pour les personnes de la maison, mais avec une attention si délicate qu'on en était surpris et attendri tout ensemble.

Apprenant que M. l'Aumonier avait reçu la visite de quelques membres de sa famille, notre bonne sœur Marie dit aussitôt : « Qui sait si M. l'Aumonier a tout ce qu'il faut pour bien traiter ses parents ? voyez donc s'il n'y a pas ici quelque chose qui lui puisse faire plaisir ; il est si discret, qu'il ne demandera rien. »

— Une jeune orpheline qui retournait dans sa famille lui fut amenée ; après lui avoir donné de pieux et maternels avis, sœur Marie lui dit avec tendresse : « Mon enfant, avez-vous envie de quelque chose ? Êtes-vous contente de ce que l'on vous a donné ? » Pour satisfaire son excellent cœur, il fallut lui montrer le trousseau de cette jeune fille, et jusqu'aux provisions de bouche que renfermait son petit panier. Alors, l'embrassant avec affection, elle la bénit, en lui disant : « Adieu, mon enfant, soyez sage, et vous serez heureuse ; n'oubliez pas la maison où vous avez été élevée. » Elle la suivit longtemps du regard ; puis, elle se mit à prier pour elle.

Quelques semaines avant sa bienheureuse mort, prenant à part notre sœur portière, elle s'informa si une pieuse fille qui vient journellement prier dans notre chapelle, ne manquait de rien, ajoutant : « Parlez-moi un peu de vos pauvres ; vous donne-t-on assez pour les assister ? S'il vous manque quelque chose, venez me trouver, je vous donnerai ma portion. »

Loin de se montrer exigeante, notre vénérée sœur était touchée jusqu'aux larmes des services qu'on lui rendait. Ne sachant comment exprimer sa reconnaissance à celle de nos sœurs qui la soignait, elle lui disait avec une tendre effusion : « Je vous donne beaucoup de peine, mais je vous promets de demander à Notre-Seigneur de faire moi-même votre purgatoire. Soyez sûre que vous le trouverez tout fait et qu'il ne vous restera qu'à entrer en paradis. Et quand j'y serai, comme je prierai pour vous ! » Notre sœur repartit en riant : « Quand vous serez en paradis, vous ne songerez qu'à votre bonheur, et vous m'oublierez. » Cette parole l'affligea : « Je suis bien misérable, dit-elle d'une voix émue, mais je ne crois pas avoir un cœur ingrat ; d'ailleurs, si je vous oubliais, Notre-Seigneur compte tout, et chaque jour, je le prie de payer au centuple les services que vous me rendez. » Un autre jour, la même sœur s'étant mise à genoux pour lui ôter sa chaussure, elle lui dit avec vivacité : « O ma sœur, que

Dieu vous pardonne, mais vous m'en faites de belles ! » Puis, lui ayant tracé un signe de croix sur le front, elle dit en étendant les mains : « Que Dieu vous bénisse, ma chère sœur, et vous rende une grande sainte ! » Plusieurs fois durant la nuit, elle lui demandait : « N'avez-vous pas froid ? Je vais me lever pour m'assurer si vous êtes bien ; allons, laissez-moi faire ; autrement, je ne serai pas tranquille. » Pour la calmer, il n'y avait qu'un moyen : « Ne faisons pas du bruit, lui disait notre sœur ; notre Mère nous entendrait, elle vous croirait malade et viendrait vous voir. Elle a cependant bien besoin de repos. » Enfin, mes chères filles, vous le comprenez, il faudrait un volume pour rapporter les traits de charité que vous avez vus pratiquer à notre vénérable sœur pendant les dernières années de sa vie ; mais il faut abréger : ils sont d'ailleurs la reproduction de ceux qu'elle a mille et mille fois exercés pendant sa longue carrière.

Lorsqu'on voulait mettre sœur Marie en verve, on amenait l'entretien sur le bonheur de la vie religieuse : alors elle ne tarissait plus ; il y avait, jusque dans ses répétitions même, je ne sais quel charme qui ne lassait jamais. Ce sujet fut celui des dernières lettres qu'elle écrivit quelques mois avant sa mort à nos sœurs du Canada, de la Savoie et de Moulins ; vous me saurez gré, j'en suis sûre, d'en respecter le style :

« Mes très-chères et bien-aimées filles, voici la plus vieille de vos sœurs de la Présentation qui vient vous souhaiter un tendre bonjour. Hélas ! j'envie votre sort d'avoir été choisies pour porter l'amour de Jésus-Christ aux chères enfants du Canada ; c'est une grande faveur que je vous envie, n'ayant pas, comme toutes nos autres sœurs, l'espoir de pouvoir vous être envoyée *comme aide* lorsque le travail dépassera vos forces. Je vous assure que celles qui auront ce bonheur me feraient grande envie si je les voyais partir. Quel heureux sort d'être choisies ! Soyez-en reconnaissantes, mes chères sœurs.

« Je ne pourrais vous exprimer combien nous envions votre sort de donner à notre bon et tout aimable Sauveur la preuve de votre tendre amour. Vous verrez un jour combien il apprécie votre dévouement: il le récompensera magnifiquement, soyez-en sûres; gagnez-lui des âmes tant que vous pourrez. Vous ne vous faites pas une idée de tout ce que Notre-Seigneur vous prépare de bonheur pour récompenser les petits sacrifices que son saint amour vous aura portées à faire. »

A sœur Rosine, directrice de notre établissement de Saint-Julien : « Quel plaisir, pour une pauvre vieille de 84 ans, de pouvoir vous écrire, elle qui vous aime de tout son cœur et qui prie tant pour vous et pour vos œuvres ! Oui, je l'espère, le bon Dieu vous bénira ainsi que toutes nos chères sœurs et novices qui vous entourent; je vous trouve toutes heureuses, plus que je ne saurais l'exprimer, de pouvoir apprendre à tant de jeunes cœurs à connaître et à aimer le bon Dieu; c'est tout ce qu'on peut faire ici-bas qui lui soit plus agréable; vous le verrez un jour : la récompense de ce travail si saint sera un bonheur éternel et indicible.

« On a voulu que la vieille sœur Marie vous écrivît elle-même sa pensée sur le bonheur de notre sainte vocation; tout ce qu'elle vient de vous dire, elle le croit très-fermement, et vous verrez, au jugement du Seigneur, qu'elle a dit vrai. Il est aussi très-vrai que je vous aime et vous aimerai toujours bien tendrement. »

A sœur du Saint-Esprit, directrice de notre établissement de Moulins :

« Nos sœurs vous écrivent et veulent que je vous exprime mes tendres et bien sincères sentiments; ils n'ont jamais varié, et j'espère qu'ils subsisteront éternellement en Dieu. O quel bonheur que cette réunion dans le ciel ! En attendant, prions de tout notre cœur les unes pour les autres.

Puisse le Seigneur continuer à bénir nos œuvres ! Tenons-nous bien humbles et petites aux pieds de Jésus et de sa sainte Mère qui daignent nous aimer comme leurs filles. Ménagez vos santés, pour travailler bien longtemps et conduire beaucoup d'enfants au ciel. Ayons cette louable ambition. Oh ! quelle joie éternelle, si nous avons le bonheur de voir un jour quelque âme que nos prières, notre petit travail et nos désirs auront aidée à mériter le ciel ! Ne cessons donc de prier pour le salut de tous, et ne nous lassons pas de travailler pour cette si désirable fin. Nous ne comprendrons jamais combien est grand notre bonheur de pouvoir travailler au salut du prochain. O la sainte, la belle, la désirable vocation ! »

Un respectable Chanoine, à qui notre sœur du Saint-Esprit avait fait part de cette lettre, la lui renvoya accompagnée de ces lignes : « Merci de la bonne lettre que vous m'avez communiquée : on dirait que votre vieille et sainte amie vous écrit du paradis ! Recommandez-moi à ses prières. »

Le jour de la Présentation, nous eûmes la consolation de voir notre vénérée sœur renouveler ses saintes promesses avec nous : au retour de la cérémonie, elle dit aux personnes qui l'entouraient : « Que cette fête est belle ! qu'elle me rappelle de doux souvenirs, et comme elle doit exciter notre reconnaissance pour le bienfait de la vocation religieuse ! Voyez-vous, mes bien chères sœurs, un jour, le bon Dieu nous a toutes regardées dans le miroir de son éternité ; il en a vu de tous les caractères et de toutes les conditions, il s'est dit : « Je vais réunir ces jeunes personnes ; elles travailleront ensemble à ma gloire et au salut des âmes ; c'est tout ce que je leur demande, et un jour, je les rappellerai près de moi pour les couronner. Allons, dit-il à ses anges, préparez-leur un trône, car elles seront non-seulement mes servantes, mais mes épouses. » Il nous a donc été chercher, chacune dans notre coin, pour nous conduire dans sa maison ; et voyez comme nous y sommes bien ! Nous nous aimons toutes beaucoup, quoique nous ne nous fussions jamais connues ; c'est le bon Dieu qui nous donne cet amour mutuel, car il ne veut que notre bonheur ici-bas. Oh ! que nous sommes heureuses d'être tant aimées de ce bon Dieu ! »

Le lendemain et les jours suivants, notre vénérée sœur assista encore à la sainte messe ; mais le vendredi, 27 novembre, elle ne put se lever que vers les onze heures du matin. Entendant la communauté qui se rendait à la chapelle pour la visite au Saint-Sacrement, il fut impossible de la retenir ; elle se traîna donc jusqu'à la première stalle, et nous l'entendîmes faire, comme à l'ordinaire, son acte d'adoration, à demi voix, avec un accent de foi qui allait à l'âme. Ce fut sa dernière visite au Dieu de l'eucharistie qu'elle avait tant aimé ; elle rentra épuisée dans sa chambre et n'en sortit plus. Dans la soirée du lendemain, la voyant plus fatiguée, nous l'invitâmes à se mettre au lit : « Tout ce que vous voudrez, » nous dit-elle ; et elle s'étendit sur sa couche avec la joie du voyageur qui a achevé sa course et qui n'attend que le repos. « Cette fois, c'est fini ; nous ne ferons plus de trafic de chaque jour ; plus de lever, plus de coucher. O mon Dieu, que je languis ! vite, vite, prenez-moi avec vous ! Je vous en serai reconnaissante pendant toute l'éternité. »

La veille de la fête de l'Immaculée-Conception, elle dit à M. l'Aumônier qu'il lui semblait n'avoir pas fait la sainte communion depuis longtemps : « Eh bien, lui dit-il, je vous l'apporterai demain. – C'est trop de bonheur pour une misérable comme moi ; oh ! Monsieur, vous êtes mille fois trop bon, répondit-elle. » Les trois jours qu'elle vécut encore se passèrent en prières et en ardentes aspirations vers le ciel. Sa chambre ne désemplissait pas. Nous étions avides de recueillir les paroles qui s'échappaient de ses lèvres, alors que son âme, plus qu'à demi débarrassée de son enveloppe

mortelle, semblait entrevoir déjà la lumière de l'éternité.
Jusqu'à son dernier soupir, elle n'exprima qu'un seul désir :
se conformer à la volonté de Dieu. « Pourvu que je vous
aime, ô mon Jésus, disait-elle , que ce soit au ciel ou dans le
purgatoire, je serai contente en accomplissant votre bon
plaisir. Mes sœurs, m'entendez-vous bien ? Vous ne serez
heureuses que quand vous ne voudrez que la volonté de
Dieu. » Quelques heures après, M. l'Aumonier l'ayant trouvée
la tête appuyée sur les pieds de son crucifix qu'elle ne
quitta pas un seul instant durant ses derniers jours, lui
demanda si elle aimait Notre-Seigneur; elle relève la tête
et répond avec une énergique approbation : «Oui, Monsieur,
je l'aime de tout mon cœur, de toute mon âme, de toutes
mes forces. » Cependant, elle s'affaissait sensiblement :
» Il fait froid, n'est-ce pas, dit-elle à l'infirmière ? allez
voir si tout le monde a assez de couvertures, et, s'il en
manque, prenez-en une des miennes. » Vers une heure du
matin, elle dit trois fois d'une voix forte : « J'ai soif;
donnez-moi de l'eau vive ! » Son infirmière accourut et
lui présenta à boire : « Non, non, plus boire, plus manger ;
donnez-moi de l'eau vive ! — A cinq heures , lui dit
notre sœur, on vous apportera la sainte communion.
— Oh bien, reprit - elle avec feu, c'est cela , merci. »
Lorsque le Saint-Sacrement entra dans sa chambre, elle se
souleva pour l'adorer et reçut son Dieu pour la dernière fois.
Après avoir accompagné Notre-Seigneur, nous revinmes à
elle, et nous la trouvâmes sur son séant : sa main droite
reposait sur son cœur ; de l'autre, elle serrait fortement son
crucifix, disant avec transport : « O bon Jésus, ne vous en
allez pas seul, emmenez-moi avec vous, ne me laissez plus sur
la terre, faites-moi miséricorde ; je vous aime, oui, je vous
aime de tout mon cœur. » Jésus l'entendit, et bientôt il
allait achever de consumer cette languissante victime ; sœur
Marie n'avait plus aucun sacrifice à faire : elle avait immolé

son corps, par la mortification et une inviolable pureté ; son esprit, par la fermeté et la simplicité de sa foi ; son cœur, par l'amour le plus fort et le plus généreux ; toutes ses espérances temporelles, par la pauvreté volontaire et le choix énergique de la croix ; enfin, elle avait tout donné à Jésus, et Jésus allait se donner tout à elle dans la béatifique vision. Cependant Satan, ce lion rugissant, comme l'appelle le prince des apôtres, vint livrer un dernier assaut à celle qui, tant de fois, l'avait terrassé. Quelques heures avant sa mort, la physionomie de notre sœur Marie changea subitement, ses traits se contractèrent et ses yeux semblaient suivre un objet dont la vue l'affectait péniblement. Son infirmière, qui s'en aperçut, lui dit : « Ma sœur, vous aimez bien le bon Dieu de tout votre cœur, n'est-ce pas ?

— Non, oh non ! répond-elle d'une voix moitié lugubre, moitié émue.

— Comment ! vous ne parlez pas sérieusement, reprend notre sœur ? Allons, dites avec moi : « Mon Dieu, je vous aime.

— Non, répond encore la pauvre mourante. »

Effrayée plus qu'elle ne le voulait paraître, notre sœur l'asperge avec de l'eau bénite en disant : « Au nom du Père, et du Fils, et du Saint-Esprit, retire-toi, Satan. » Soudain, la chère mourante, rendue à elle-même, étend sa main tremblante pour recevoir de l'eau sainte, et, faisant un grand signe de croix, elle dit d'une voix forte : « Retire-toi, vilaine bête ! Oui, mon Dieu, je vous aime de tout mon cœur, de toute mon âme de toutes mes forces, » et en appuyant plus fortement sur les mots : « par-dessus toutes choses, et mon prochain comme moi-même pour l'amour de Dieu. » La lutte avait duré environ cinq minutes. Les traits de notre chère sœur reprirent au même instant leur expression naturelle. Un moment après, M. l'Aumônier et M. le docteur Cade étaient auprès d'elle. Ce dernier, avec la science médicale qui le distingue, eut bientôt reconnu, à de graves symptômes, l'approche de l'heure suprême, et nos dernières espérances furent détruites par ces mots : « Il est prudent de la faire administrer. » Depuis si longtemps, cette chère sœur attendait le signal du départ, qu'elle tressaillit d'allégresse en entendant M. l'Aumônier lui annoncer qu'il allait lui donner l'extrême-onction : « Vîte, vîte, Monsieur, dit-elle d'un ton animé ; que faut-il que je fasse? dites-le moi, je vous en prie. Faites bien tout ce qu'il faut, ne me retenez pas trop longtemps, car il me tarde d'aller voir le bon Dieu. » Elle suivit avec piété et liberté d'esprit les cérémonies de l'Église. Il était dix heures du matin. Le reste de la journée se passa dans une espèce d'assoupissement dont on la tirait en lui parlant de Dieu ou en récitant quelques prières. Une de nos sœurs, lui suggérant les actes de vertus théologales, les abrégeait pour ne pas la fatiguer : « Vous avez bientôt fini, lui dit-elle fort distinctement. – Ma bonne sœur Marie, lui dit celle de nos sœurs qui, depuis huit ans, l'entourait des soins les plus tendres et les plus dévoués, avant de me quitter, dites-moi encore un mot qui soit comme un dernier souvenir. » La pieuse mourante la regarda avec affection : « Aimez la simplicité, » lui dit-elle ; et, élevant la voix, « la charité et le support mutuel. » Elle ne parla plus que pour répéter alternativement le *Pater*, l'*Ave*, le *Gloria Patri.* Ses lèvres les murmuraient encore lorsqu'elles laissèrent passer son dernier soupir. C'était le 11 décembre, à dix heures du soir, un vendredi. Elle était âgée de quatre-vingt-trois ans, 7 mois, 6 jours.

À peine son trépas fut-il connu, que chacun sentit comme un redoublement de vénération et d'amour pour cette chère défunte. Nous faisions des prières pour elle ; c'est l'esprit de l'Eglise, mais nous étions bien plus portées à l'in-

voquer. La mort semblait avoir laissé sur ses traits l'em-
preinte d'une douce majesté ; on ne s'éloignait de son
cercueil qu'avec une sorte de violence ; les enfants même
l'approchaient avec respect, la baisaient avec affection
et lui faisaient toucher leur chapelet ou d'autres objets
de piété.

Avant de confier à la terre ses dépouilles mortelles,
toutes, mes chères filles, et votre pauvre mère plus
qu'aucune, nous avons promis à notre bien-aimée sœur
de faire tous nos efforts pour conserver intact l'esprit de
notre V. Fondatrice, qu'elle s'est appliquée à maintenir
dans la Congrégation. Une telle promesse est solidaire,
mes chères filles ; elle a été faite en votre nom ; vous
y serez fidèles, j'en ai la confiance.

Mgr Delcusy, notre vénérable évêque, a eu la bonté
de célébrer, dans sa chapelle, le saint sacrifice de la messe
pour le repos de l'âme de notre chère défunte. Toutes
nos sœurs de Viviers y assistaient.

Monseigneur l'archevêque de Tours a daigné, lui aussi,
s'associer au deuil de la famille et joindre ses précieux
suffrages aux nôtres. Il a fait plus : en face de cette
tombe encore ouverte, il a bien voulu payer un tribut
d'éloges à la mémoire de l'humble assistante de la Présentation qu'il avait pu, mieux que personne, connaître
et apprécier. Ce suprême témoignage de l'éminent prélat est si honorable pour notre chère défunte, si consolant
pour nous, si instructif pour la communauté, que je me
reprocherais d'en retrancher une seule ligne. Vous le lirez
donc dans son entier. J'avais écrit, le 12 décembre, à sa
Grandeur, pour lui annoncer le douloureux sacrifice que
Dieu venait d'exiger de nous ; le 14, Monseigneur s'empresse de me répondre :

« Ma chère Mère, votre lettre, qui m'annonce la mort
de sœur Marie, m'est arrivée ce matin, au moment où

j'allais dire la sainte messe. J'ai naturellement donné la meilleure partie des suffrages du saint sacrifice à l'âme de cette bonne sœur, que j'ai si particulièrement connue, que j'ai vue si longtemps à côté de la mère Arsène dont elle partageait la sollicitude. C'est une grande perte pour votre Congrégation ; quoiqu'elle fût bien avancée en âge, sa présence parmi vous rappelait le souvenir de vos fondatrices et les vertus des premiers temps. Je l'ai toujours vue sévère pour elle-même, quoique bonne pour les autres ; elle était d'une grande rigidité en tout ce qui touchait à l'observation des règles ; elle professait un grand mépris pour les choses de la terre ; elle avait toujours empêché la mère Arsène de laisser tirer son portrait pour la communauté, et il est bien clair qu'elle ne voulait pas laisser prendre le sien. Je ne sais si, dans ses dernières années, elle s'était un peu adoucie sur ce point. C'était une âme forte, un caractère ferme et élevé ; il faut de ces âmes, à l'origine des congrégations, pour poser de solides fondements, et j'espère que cette noble race d'esprits bien trempés et tout dévoués à Dieu ne se perdra jamais parmi vous.

« En rappelant ces traits, ma chère Mère, j'aime à rendre un dernier hommage à la mémoire de cette bonne sœur. Pendant sa vie, elle n'a jamais pu supporter une parole de louange ; si on voulait la mettre en fuite, il suffisait de lui donner des éloges ; maintenant, elle ne peut plus s'en défendre. Ce que vous me racontez de sa mort ne m'étonne pas ; elle a dû la recevoir avec joie, car elle en parlait sans cesse comme de la chose la plus désirable.

« On voudrait être à la place de ces âmes, tant on a la profonde conviction de leur salut : cependant il faut prier ; je continuerai à le faire en reconnaissance de l'édification qu'elle me donnait, quand j'allais dans votre maison.

Si elle n'a pas besoin de nos prières, elle nous les renverra et les fera retomber sur nos têtes comme une rosée céleste qui fera du bien à nos âmes.

« Je vous bénis, ma révérende Mère, ainsi que vos chères filles, et vous renouvelle l'assurance de mes sentiments les plus dévoués.

† J. Hipp., *archevêque de Tours.*

La cérémonie des obsèques a eu lieu le 13; elle était présidée par M. Robert, vicaire général, assisté de MM. les chanoines de Contagnet et Mayaud, de M. l'économe du Grand Séminaire et du clergé de la ville. Notre sœur Marie a été inhumée derrière la croix de notre cimetière; c'est là qu'elle reposera jusqu'au grand jour de la résurrection générale.

Elle n'est donc plus, cette vénérable sœur, que nous nous plaisions à entourer de vénération et d'amour comme une chère et pieuse relique. Non, elle n'est plus; mais après sa mort, elle nous parle encore : sa vie nous reste pour nous enseigner, avec toute l'autorité de l'exemple, la constance et la générosité dans le service de Dieu, la paix et l'humilité dans l'obéissance, l'amour de la simplicité, la fuite du monde et le dévouement aux œuvres de notre sainte vocation; enfin, et par-dessus tout, la fidélité inviolable à notre sainte règle, gage certain de toute perfection religieuse. Maintenant, mes chères filles, il ne reste à notre vénérée sœur des jouissances et des peines de la vie que l'ineffable consolation d'avoir méprisé les unes et sanctifié les autres. Marchons sur ses traces, et un jour, nous partagerons son bonheur et sa gloire. C'est ce que désire et demande instamment pour vous au Seigneur celle qui est, plus que jamais, dans les sacrés cœurs de Jésus et de Marie,

Votre toute dévouée et bien affectionnée Mère,

MARIE St-MAURICE. Sup^{re}.

Privas. — Typ. et Lith. Guiremand, Imprimeur de l'Évêché.

www.ingramcontent.com/pod-product-compliance
Lightning Source LLC
Chambersburg PA
CBHW070802280626
47162CB00016B/1603